U0894764

中华自强
励志书系

永不放弃

NEVER GIVE UP

春曼 心曼 著

2008 年 9 月录制《第一视频》现场

2011 年 5 月 25 日在台湾接受第十四届全球热爱生命奖章颁奖

2011 年 5 月 27 日在台湾总统府

2011 年 6 月录制 CCTV-3《向幸福出发》节目现场

2012 年 3 月录制《非常父母》节目现场

2014 年 5 月 11 日在正能量演播室有生以来亲自为母亲洗脚

2014 年 6 月在四川电视台《中国正能量》录制现场

曼曼母女与鲁豫老师合影留念

序　言

三个女人的传奇

文／张大诺

给春曼心曼写序，已经是第三次了。

谁有机会给同样的作者写三次序言？即便这三本书都是我指导的，我也觉得这是件很奇妙的事情。

当然，我也曾怀疑自己是否还能写出新意，静静地想，确实不知该写什么，直到脑中出现了这样一个场景……

每次，我去看她们的时候，她们都笑靥如花地坐在那里，和我热情地打招呼。她们的旁边是清瘦的母亲，母亲总是有点气血不足，说话也没有底气。

翻看微信朋友圈时，则看到完全相反的图片场景：姐妹二人有气无力，被病痛折磨着，她们的母亲，表情坚定，气力充足，认真照顾着她们的起居。

两个姐妹，重度肌无力，甚至连手都抬不起来；而她们的母亲，胃病严重，连续两年无法正常进食。

她们三个，每一个都似随时折断的枝杈，但搭在一起就是坚不可摧的铁三角，支撑着这个风雨飘摇但又坚不可摧的家庭。

许多时候，我几乎无法理解：在每月固定收入一千多元的情况下，三个人如何能够北漂十年？有十几次，我劝她们到一个小城市生活，她们都拒绝了，她们相信：两个不能走、全年都在生病的女孩，一个每年之中半年都在生病的母亲，三个没有固定收入的母女，可以凭借自己的信念和努力，充满尊严并快乐幸福地在大城市生活！

她们做到了。她们做到了！

两个女孩努力地写书，拼命地写书；一位母亲努力地持家，拼命地持家（有时也抱不动女儿），一股力量在三个随时可能倒下的生命中……穿梭流淌、互为激荡，最终自给自足、生生不息。

三个女人一台戏，她们奉献给这个世界的，是关于某种磅礴生命力的精彩大戏，是关于亲情大爱的华美乐章，而这本书就是剧场，打开它，大幕拉开，能够看到她们十年北漂生活的乐观奋斗以及极致动人的亲情母爱。

而我们，作为有幸被邀请的观众，伸出双手，准备鼓掌……

（作者为全国十佳生命关怀志愿者、本书创作指导老师）

目录 contents

第八章　与疾病抗争

第九章　母亲的谆谆教导

第十章　我们不是废人

第一章

母亲拒绝再婚

引 子

2011 年 5 月 25 日，台湾桃园县平镇市社教文化中心。

春曼心曼姐妹化着淡妆，长发垂在胸前，身上都穿着白色的连衣裙，姐姐脚上穿的是一双白色的高跟鞋，妹妹穿的是一双同款的粉色高跟鞋。她们端庄地坐在轮椅上，在妈妈和弟弟的陪护下，在周大观文教基金会义工的帮助下，被推到领奖台上，接受第十四届全球热爱生命奖章的颁奖典礼。

主持人拿着麦克风，郑重地对着现场的观众介绍说：

“作为从全球 1986 个候选人名单里脱颖而出的热爱生命奖章得主，她们姐妹已经写作出版了三本书，创办了一部公益‘曼曼心灵热线’，12 年中义务关怀帮助全球各类困惑 6 万人次……”

当中外记者的闪光灯对着曼曼姐妹拍摄的时候，她们的眼里含着泪花，笑了。

内心却很羞愧!

——她们觉得这个沉甸甸的奖杯，其实不属于姐妹俩，而应该颁发给自己的母亲才对啊!

这么些年，母亲忍辱负重，无论环境多么艰难和恶劣，都没有放弃过她们，母亲用沉重无私的母爱，无限延续着姐妹俩的生命，也支撑着她们坚持做公益的梦想！

爸爸他已经死了

1979年6月18日，傍晚。

天空中飘着细细的雨丝，年轻的母亲王兴芝抱着自己的长女大曼坐在土地上，四周是绿色的小树林，树林里有一座座土丘，那些土丘安静地、孤零零地矗立在雨中……

在树林里还有好多人，他们把很多用白纸折叠的“花环”立在小树边一座新堆起来的土丘旁，那些白色的、漂亮的小纸花被细碎的雨丝给淋湿了，显得格外的忧伤和肃穆。

大曼很想问母亲：“妈妈！这是哪儿啊？我们为什么要来这里呢？”可当她仰起头，看见母亲目光呆滞的眼神时，她，不敢问了。

她安静地任由一位阿姨过来抱起自己，另一位阿姨抱着妹妹小曼，然后，很多人过去搀扶起母亲，母亲牵着才会蹒跚学步的弟弟东海小小的手掌，他们，一起回家！

家，已经没有了父亲高大的身影，从此，只有母亲和三个幼小的孩子。

那年姐姐大曼5岁，妹妹小曼3岁，弟弟小海只有两岁。

一天，母亲把柜子上的收音机搬到炕上孩子们的跟前，轻轻打开，动作小心而缓慢。大曼看着母亲轻柔的动作，心想："妈妈这么爱护这台收音机，是因为它是爸爸买给我们的吗？"

广播里正在播放电影录音剪辑《高山下的花环》。一个叫梁三喜的战士在对越自卫反击战中牺牲了，他的妻子玉秀带着孩子和婆婆被接到部队为三喜送葬。玉秀在婆婆和领导面前一直隐忍着悲伤，表现得很坚强和……安静！而等人们都离开婆婆也熟睡之后，玉秀却偷偷地跑到三喜的坟前喊着丈夫的名字号啕大哭！

那喊破嗓子的、呜咽着喘不过气来的哭号声，让只有几岁大的孩子们无法完全理解和听懂，他们还不知道什么叫死亡？什么叫生离死别？什么叫永远不再相见？是啊！他们还只是孩子，还实在是太小，太小……

大曼和弟弟妹妹们坐在土炕上一边听广播里的"故事"，一边饶有兴趣地玩着手里的几张折纸，玉秀忽然号啕的哭声把孩子们给吓了一大跳！大曼抬头去看母亲，发现母亲坐在炕沿边上，眼神呆呆地看着前面的墙壁，满脸都是眼泪。

"妈哭了！"她小声地告诉妹妹。

妹妹和弟弟看见母亲在哭，也都被吓坏了，他们没有心思再玩折纸了，慌忙爬过去围坐在母亲身边，仰着小脸同时看着母亲不敢作声。

他们猜想，妈妈她一定是听着电影录音想起爸爸了！

爸爸？他们的爸爸，他去哪儿了呢？他……已经好长时间没回家了啊！

几个月以前的那天中午，爸爸吃过午饭，穿着母亲给他洗的白衬衫去上班了，没过多久，住在前院的三婶忽然慌慌张张地跑进屋，告诉母亲去一趟父亲的单位。等天快黑下来的时候，母亲哭着被一群人给搀扶回来，躺倒在土炕上，从那儿以后，父亲就再也没有回来。而母亲，总是常常泪流满面地看着屋子的某一个地方发呆……

父亲在家的时候，母亲从来没有这么伤心过，哭得这么厉害过，大曼甚至不记得爸爸在的时候，妈妈为什么事曾经哭过。虽然他们也吵架和拌嘴，但母亲最多一个人生闷气不说话，一会儿也就好了。她从来没有像现在这样哭这么长时间，沉默这么长时间。

父亲的突然离去，让大曼好像忽然之间长大了，她从一个什么也不懂的小孩子变成了一个会察言观色的“小大人”。家里变得冷冷清清的，很少有客人来串门，偶尔有几位长辈来家里坐会儿，也是神神秘秘地把母亲拉到外屋嘀嘀咕咕地说话，她们好像、好像是在劝母亲……改嫁？好像是说要给她和弟弟妹妹们再找一个……爸爸？她听不太清楚，也无法全部理解大人话里隐晦的意思，但是，她隐约觉得父亲再也不会回来了，父亲是不要他们了，他没打招呼就走了。

大曼不禁害怕母亲会有一天扔下这个家不管他们了！

因而，大曼变得非常排斥有长辈来串门。每当母亲哭的时候，她和弟弟妹妹们都会乖乖地把自己弄乱的东西收拾好，然后安安静静地坐在母亲身边，等母亲注意到他们，不哭了，她和弟弟妹妹们才会松一口气。

此刻，大曼盼望着电影录音快点播完，只有电影录音播完了，母亲她才会恢复正常，不哭了吧？

她看到母亲的眼睛已经哭得很红很红了，但眼泪还是源源不断地顺着眼角哗哗地往下流，像下雨一样滴答到母亲的身上。母亲的花衬衫胸前已经湿了好几片，而她丝毫也没有顾及到，始终一动也不动地坐着，嘴唇微微颤抖，目光透过模糊的泪水看着前方，好像，好像看见了……父亲！又好像什么也没有看见。

电影录音好长啊，漫长的好像永远也不会播完一样，屋子里回响着玉秀的呜咽声和婆婆颤巍巍的安慰声，还有母亲……流不完的眼泪！

小弟弟抬起头看着母亲，终于忍不住壮着胆子爬到母亲的腿上，他伸出小手去给母亲擦拭眼泪。母亲动了一下，她下意识地伸手把弟弟拦在怀里，怕弟弟不老实在自己大腿上坐不住会掉到地上。

母亲动了，这就意味着她没事了吧？大曼和小曼紧张的心情终于松了一口气。

幼小的她和妹妹其实并没有完全意识到，母亲哭，是因为父亲永远回不来了，再也回不来了，他已经……永远离开了我们！

一盘葱花炒豆腐

广播剧终于播放完了，母亲的眼泪也停止了，大曼才敢小声地叫：

“妈！”

“妈妈！”妹妹小曼也跟着喊。

“我饿了！”弟弟东海仰着脸说。

母亲用手擦干眼泪，她一边站起身，一边把坐在她大腿上的弟弟放到炕沿边，柔声地对孩子们说：“妈给你们做饭吃去，你们想吃什么呀？”

母亲问孩子们想吃什么？其实，家里除了大碴粥就是咸菜，虽然现在是夏季，但家里的菜园因为地势洼，里面都灌满了水，不结青菜。倔强的母亲怕家里园子荒着，邻居会笑话不像过日子的人家，就在菜园里种了好多抗涝的玉米，四周又种上一圈向日葵，这样看起来园子里郁郁葱葱的，充满了勃勃生机。看到茂盛的菜园子，母亲才会觉得心里踏实一些，别人也才会夸她的家不像一个没有男人的家啊！

而母亲和孩子们饭桌上却是长年雷打不动的咸菜疙瘩和大碴粥。平时如果没有客人来，他们是很难吃到一棵青菜的。

孩子们听见母亲问他们想吃什么？都希望母亲能变出一点好吃的来呢！可他们知道家里什么也没有，都怕会惹母亲再难过，不敢提任何要求。大曼首先懂事地说：

“妈，我喝大碴粥就行！”

听见大曼这样说，弟弟和妹妹抬头用天真的目光看着母亲，也争着说：

“我也要喝大碴粥！”

“我也要喝！”

母亲出去到厨房看了看碗橱，又站了一会儿，忽然不见了。大曼和妹妹、弟弟你看看我，我看看你，都不知道妈妈去哪儿了？

三个孩子急忙爬向窗台，趴在窗台上向院子里张望，火辣辣的阳光把窗台晒得好烫。园子里的向日葵也在太阳底下耷拉着脑袋，它好像也被晒得热了，渴了，困了！

院子里好安静啊，静得一点声音也没有。他们没有看见妈妈的身影，就大声地喊：

“妈妈！”“妈！”“妈！”

他们喊了好几声，也没有母亲答应的声音。

大曼和弟弟妹妹心里不由感到一阵恐慌，一种被遗弃的孤独感瞬间吞噬了他们幼小的心灵。母亲会去哪儿了呢？难道，难道真的像他们一直害怕和担心的那样，不要他们了吗？孩子们忽然对什么好玩的好吃的都不感兴趣了，他们只想让母亲回来！马上回来！

大曼心想："刚才妈妈还和我们听广播剧，还抱着弟弟，还问我们想吃什么呢，妈妈怎么会突然不要我们了呢?!"

她和弟弟妹妹们正委屈和害怕得快要哭出来的时候，虚掩的院门忽然被推开了，只见母亲手里托着一盘新鲜的大豆腐走进来。

啊！原来母亲是用黄豆给他们换豆腐吃去了。大曼和弟弟妹妹们提着的心一下落地了，很快就破涕为笑了。

黄豆是过年的时候粮店按人口供应的。母亲把一个布袋底儿的黄豆藏在外屋门后的粮食箱子里，平时舍不得吃，偶尔会拿出一把黄豆用清水泡了生豆芽给孩子们吃，或者是攒多了拿去磨豆油，那样会吃得长远一点。母亲平时根本舍不得盛一大碗黄豆去换一小块儿豆腐的，那太奢侈和浪费了啊！

而今天，母亲为了给大曼和弟弟妹妹们做上一顿好吃的，狠下心来跑很远的路换回了一小块豆腐。

大曼和弟弟妹妹们没有心思再玩了，心里开始惦记着吃香香的大豆腐，也是想看住母亲，害怕再"失去"母亲。他们的小脸争先恐后地贴在里屋和外屋厨房之间的小窗子上，

看着母亲烧火做饭。

母亲动作熟练地开始切葱花，用刷帚搅着清水刷锅，“叮叮当当”地在忙碌着时候，她脸上的表情很平静，已经看不出刚才听广播时的悲伤了，有的只是母性的温柔。母亲非常认真和仔细地做着午饭，仿佛那不是在做一顿普通的家常饭，而是在做给客人吃的一顿非常隆重的饭菜。虽然母亲像往常一样只往锅里滴了很少的一点豆油，但随着锅里的油“滋滋”地冒出热气，绿色的葱花和雪白的豆腐在锅里被饭勺热闹地翻炒起来的时候，孩子们还是闻到了一股甜滋滋，又咸滋滋的香味儿，那香味可真诱惑人啊！

一会儿，母亲就把炒豆腐端到了里屋的炕桌上。大曼和小曼、小海姐弟三个孩子围坐在母亲身边，一小口一小口地吃着葱花炒豆腐，却端着花瓷碗大口大口地往嘴里喝剩的大碴粥，还不停地叽叽喳喳地说着话，想吸引母亲的注意力，哄母亲高兴。孩子们是想让妈妈忘记刚才的广播剧，忘记让人伤心的……死亡！

“小心，别烫着！”母亲一边给孩子们盛粥，一边嘱咐孩子们慢点吃。

看着孩子们狼吞虎咽的样子，母亲的脸上有了光彩，流露出欣慰的笑容。她几乎不夹盘子里的豆腐吃，只是大口大口地喝着剩粥，只有吃饱饭，有了体力，她才能照顾好孩子们，支撑起这个家啊！

不一会儿，母亲和孩子们的小鼻尖上很快都冒出了细密

的汗珠，孩子们的小肚子也鼓了起来。低矮的小土屋里，因为有了葱花炒豆腐的香味，有母亲守在孩子身边的安全感，而变得格外明亮和温暖！

100 粒瓜子仁

吃过午饭，母亲要开始干活儿了。孩子们的心情也因为吃豆腐和母亲的表情，而彻底轻松和高兴起来。这才是他们过惯了的正常日子啊！

母亲不忍心让不能动的大曼和小曼待在屋里，从窗子里眺望她干活，怕委屈了女儿们，就把大门洞里的两把长凳子搬到院子里有阳光的地方，拼接在一起，类似一张小床那样，抱大曼和小曼坐到院子晒太阳。

母亲先换上干活时穿的一件旧劳动服，再穿上大靴子。大曼注意到母亲从屋里出来时，她手里还端着一只盘子，就好奇地伸长脖子问：

"妈，你手里端的是什么啊？"

"瓜子。"妈妈说。

"你什么时候炒的呀？"

“妈是用炒完菜的底火温熟的，你们吃吧！”说着母亲就放下瓜子转身去菜园子里收拾菜秧了。

秋天来到了，葵花和玉米都结满了沉甸甸的果实，在金色的阳光下耷拉着脑袋。母亲要赶在天黑之前，用菜刀把葵花和玉米穗砍下来，再摆放到事先铺好的柴垛上晾晒好，留着冬天吃，然后，再把剩下的菜秧拔掉扔出去。小弟弟东海是男孩子，他对满地的菜秧似乎比对吃瓜子更感兴趣。他勇敢地撸起小胳膊，趿拉着母亲的一双大鞋跟在母亲身后一起忙活。

大曼吃了几粒香喷喷的瓜子，忽然心里很不是滋味，有点难受起来……

她不忍心看着母亲干活，而自己却在吃瓜子了。她知道这么好吃的瓜子母亲也一定很想吃吧？如果今天不是因为要收拾菜园子，没时间哄她和弟弟妹妹们玩，母亲是舍不得炒瓜子的，因为这些瓜子是母亲要留着过年招待客人吃的。

心里这样想着，她磕开一个瓜子壳儿，把里面炒得泛黄的、看起来“油汪汪”的瓜子仁剥出来，小心翼翼地放到腿边的板凳上。小曼看见了，眨巴着天真的小眼睛好奇地问姐姐：

“大姐，你怎么不吃呀？”

小曼一定是认为姐姐是要留给弟弟吃的。小曼和姐姐一样的心疼小弟弟，但她比弟弟只大一岁，所以有时候会让着弟弟，有时候也会抢弟弟多得到的东西分给母亲和姐姐吃。

而弟弟小海表现得也很男子汉，偶尔也让着二姐。每当这时候大曼和母亲都会笑他们，她和母亲还要经常做妹妹和弟弟的“裁判官”。

大曼急忙对妹妹解释说：“我是留给妈妈吃的！”

“那我也给妈妈剥哦！”小曼说。

“不用，我自己给妈妈剥就够了，你快吃吧！”

“不要你管，我就要剥嘛！”

小曼学着姐姐的样子一个接一个地剥瓜子仁，她胖乎乎的小手速度还很快，一会儿工夫就剥了一小堆了，只是每个瓜子仁上都沾着她的口水。

大曼说：“那我们每人给妈妈剥 50 粒好不好？然后我们就自己吃咯！”

“嗯哪！我们俩给妈妈剥 100 粒啊！”

小曼对姐姐的提议显得好高兴。她们小姐俩坐在秋天的太阳底下，开始快活地给母亲剥瓜子仁吃。虽然她们坐在大凳子上不能帮母亲干活，不过，她们能给母亲剥瓜子仁吃了，这也算是帮妈妈“干活”吧？想到这里，大曼的心里甚至为自己能为母亲做点什么了而感到好兴奋，甚至还有些……自豪！

母亲的身上沾着玉米穗的“胡须”和向日葵的花瓣，两条乌黑粗亮的麻花辫子也被菜秧给挂乱了，鬓角的头发沾着黏黏的汗水。母亲把砍下来的向日葵和玉米穗用竹篮子提出来，然后再返身回去拔菜秧，把即将枯萎的向日葵和玉米秧抱出来扔到院子中央的地上，等把菜园子拔干净了，院子里已经堆起了一座小山。母亲再叉着腰喘口气，然后蹲下身抱起地上的菜秧，一捆一捆地往大门外拖。

母亲的脸上已经看不见上午的忧伤了，她的表情是那么坚强和有力。三个孩子的心里也感到很温暖和踏实。父亲走了，母亲就是他们幼小生命依靠的大树和大山啊！

大曼和小曼一起喊："妈！"

"妈妈！"

"给你瓜子仁吃！"

母亲气喘吁吁地说："妈不吃，你们吃吧！"

但看到大曼和小曼执拗地递过去的一小捧瓜子仁时，母亲犹豫了一下，还是接过去了。不过，母亲吃了两口又要还给女儿们，却被大曼和小曼给拒绝了，她们坚持让母亲吃完。这时，东海看见母亲在吃东西，就跑过来仰着小脸也要。母亲蹲下身子，一边歇着，一边喂小儿子吃瓜子仁。

她们母女四人，在秋天的太阳底下吃着炒瓜子，院子里堆满带着泥土味的菜秧和玉米棒、葵花穗儿，家里又重新"热闹"起来了……

香甜的白米粥

天已经快黑下来了。

“妈妈，别干了，我要吃饺子，用瓜子仁给我包饺子吃吧!”

母亲收拾完前面的菜园子，接着又去收拾屋后的那一片。大曼隐约听见小海哭闹着不让妈妈干活了，弟弟饿了，也困了。

其实，大曼和妹妹的肚子也开始“咕咕”地叫。白天太阳还晒得人头皮疼呢，等到了晚上太阳一落山，院子里黑洞洞的，似乎一下就变冷了，而且还到处飞着“嗡嗡”乱叫的大蚊子。母亲给她和小曼每人掰葵花叶做扇子，让她们扇着好驱赶那些讨厌的大蚊子。可大曼和妹妹穿着小背心和短裤，裸露在外面的胳膊和腿上还是都被蚊子叮了好几个大包，屁股也被板凳硌得火辣辣地疼。那疼痛顺着她们的四肢蔓延到全身，浑身酸胀得叫人好难受啊！她们恨不能妈妈立刻干完活抱她们回屋，让她们能躺在炕上好好舒展一下四肢。

可母亲还在没完没了地干活……

大曼和妹妹懂事了，耐心地等着母亲。不哭，也不闹。她们忍耐着盼啊，等啊，可时间似乎过得越来越漫长了……

好不容易听见了母亲的脚步声从远而近，大曼以为母亲是干完活了，却看见母亲又拖拽着一大堆豆角秧从屋后的小胡同里走出来，母亲一边往院门外拖豆角秧，一边安慰大曼和小曼说："妈快干完了，还有一垄地妈就干完啦，干完活妈就抱你们进屋啊！"

大曼和小曼听话地点头，安静地坐在大凳子上继续等着。

这时，忽然听见一声自行车的铃响，大曼和小曼一起惊喜地向大门口望去，昏暗的暮色中大门虚掩着，没有人进来。只听见隔壁邻居大娘家的院门"咣当"响了一声，紧接着院杖子跟着晃了晃，大曼和小曼好奇地伸长脖子，趴在杖子缝隙里向邻居大娘家院里看，只见邻居大爷推着自行车下班了，从后座上取下一包东西，然后迎着从屋里跑出来的小哥哥和小姐姐们进屋了。

大娘家的屋门敞开着，从屋里射出的黄色灯光，是那么的温暖和热闹。

她们隐约看见大娘腰上扎着围裙正在锅台边忙活着做晚饭。从那院飘过来一股股韭菜盒子的味道，好香啊！

她们多希望父亲能回来，她们家也能像邻居家那样热热闹闹的有韭菜盒子吃。

胡同里再次传来母亲的脚步声，大曼和小曼急忙坐正身子，假装正在等母亲的样子。她们知道母亲是不允许她们趴杖子缝儿往邻居家看的。母亲说："这样看人家不礼貌，没出息，别人发现了会认为我们眼馋人家的东西呢。"

不能扒杖子缝儿了，但她们用力吸着鼻子，贪婪地吮吸着韭菜盒子刚出锅的那种油汪汪的香味……

母亲发现了女儿们的小动作，急忙把趴在她后背上困得耷拉着脑袋的小儿子放回到屋里炕上，顾不上洗手，就匆忙脱掉干活的外衣出来抱两个女儿回屋。

虽然被母亲抱回了屋里的炕上，但大曼和小曼心里还是惦记邻居大娘家的韭菜盒子的香味，那种迫切想进屋的心情没有了，忽然觉得屋里惨淡的灯光照着空旷的墙壁和大炕面冷冷清清的，好没意思啊！

母亲似乎猜到了孩子们的小心思，她一边忙里忙外地打水给孩子们洗手洗脚，一边抱柴禾烧火煮米粥给孩子们吃。母亲在忙活这些的时候，还怕孩子们等不及而睡着了，嘴里不停地跟三个孩子说着话，时不时地喊一下孩子们的名字。

母亲说："妈小的时候闹饥荒，姥姥家一粒粮食也没有，只能去野地里撸榆树叶和草籽吃，吃得大人孩子都浮肿。有一次妈和你大姨饿得躺在门后的草堆里差点饿死，是妈的奶奶踮着一双小脚去菜园里摘了一只拇指大的小角瓜，那时哪有油啊，就放点盐煮一锅清汤给妈和你大姨喝了，我们才活下来的。"说着，妈妈提高了声音，"那时哪有这么香的大米粥喝呀，见也没见过白面和大米呢！”

听了母亲小时候挨饿的故事，大曼和小曼似乎不那么馋邻居家的韭菜盒子了。

小海也不吵着要饺子吃了，他努力瞪大眼睛不让自己睡着，强打着精神乖乖地坐在父亲给他们定做的那只光秃秃的小炕桌前，等母亲盛大米粥给他喝。

母亲说：“来，你们仨比赛，妈看今晚谁喝得多，喝得快啊！”

母亲的话鼓励着三个年幼的孩子，他们兴奋地捧起能把自己的小脸盖住的大瓷碗，“呼噜呼噜”地往肚子里吸大米粥……

一锅白米粥就是晚饭，但孩子们却喝得格外起劲儿。

母亲拒绝再婚

早上，大曼在睡梦中被一阵低低的说话声吵醒。她迷迷糊糊地睁开眼睛，看见那个头发斑白的老太太又来了。她已经来过好几次了，每次都拉着母亲躲到外屋嘀嘀咕咕说话，不知道跟母亲说些什么？只是每次母亲都会不耐烦地找借口锁门赶她走。

今天大概是看大曼和弟弟妹妹们都还睡觉呢，老太太大大方方地坐在炕沿上，正低声地跟母亲交谈着什么。

大曼好奇地竖起耳朵，想知道她们说的是什么。

就听老太太压低嗓门，语重心长地劝妈妈说：

“这个男人刚离婚，没有孩子绊脚，也不吸烟不喝酒的，又是正式工人，条件很好！”她见母亲沉默着不说话，又说：“你才 29 岁就守寡，以后的日子还长着呢，你考虑考虑吧！大娘是为你好啊！”说着，她回头看了一眼炕上躺着的三个孩子，指着他们“啧啧啧”地叹了口气。

大曼吓得赶紧闭上眼睛假装还在熟睡，心脏却由于过度紧张而“怦怦怦”地直跳，好像要从嗓子眼里蹦出来了一样难受！

虽然大曼还只是一个5岁半的小女孩，但是，她已经懵懵懂懂地理解一些事了，她意识到这个老太太是来给母亲说媒的，她是在劝母亲改嫁啊！

大曼屏住呼吸，一动也不敢动，生怕被她们发现自己醒了。而她的小脑袋瓜里却迅速地联想到大人们平时说起的关于继父、继母虐待小孩的事情，好害怕母亲会答应老太太的提亲，给她和弟弟妹妹们找一个后爸回来，让一个陌生的男人住进她们的家里来啊！

大曼紧张地竖起耳朵，就听母亲幽怨而坚定地说：“孩子他爸去世了，我全部的希望就放在了这仨孩子的身上了，特别是两个姑娘身体残疾，我苦一点没什么，我不能让孩子受到半点委屈！”

接着，她听见母亲站起身，拿起暖瓶往脸盆里倒热水的声音——母亲在做着假装要“上班”的准备，这是母亲每次赶老太太走的惯常做法。

果然，当大曼偷偷地睁开眼睛，就看见老太太尴尬地站起身，用手捶着自己的后腰，走了。

不知道为什么，大曼忽然感到鼻子发酸，眼泪一滴一滴地淌下来，流在枕巾上。她闭着眼睛假装还没睡醒，以此掩饰着自己。她小小的心灵发自内心地感激着母亲。

父亲去世了，母亲就是孩子们的家。大曼不敢想象，没

有了母爱的照顾和保护，她和弟弟妹妹们该怎么办？怎么能活下去？隐隐的担心和恐惧，让她和已经懂事一点的妹妹小曼内心变得非常敏感和不安。

然而，今天大曼偷听到了母亲的心里话，她知道母亲是爱他们的，虽然父亲不在了，但母亲的爱还在，母亲会用爱守着这个家，守着她的三个孩子生活。

从此，大曼更加小心翼翼地做事，不敢惹母亲伤心了。她甚至觉得她和弟弟妹妹们都欠母亲的……

很多年以后，当大曼成长为一个青春少女的时候，她才真正了解和体会了母亲当时的艰难处境和感受。父亲去世时，母亲实在是太年轻了，她才只有28岁，正值一个年轻女子风华正茂的美好阶段。在她的记忆里，母亲总是习惯梳两条黝黑光亮的麻花辫子，每次出门都穿着一身洗得泛白的中山装。母亲笑起来的时候乌黑的大眼睛弯弯地像月牙一样好看，粉红色的嘴角旁边还有两个甜甜的酒窝。

外祖母常常念叨说，母亲是姐妹六个女孩当中长得最漂亮的一个，然而，母亲的命也是最苦的……

虽然大曼很小，还是孩子，但她能感觉得到母亲的温柔和美丽吸引很多成熟男人的倾慕，他们用不同方式靠近母亲，逼迫母亲，可是母亲为了三个孩子，她说什么也不肯接受。

母亲终日深居简出地在家里照顾孩子们的生活，完全把自己给封闭了起来。

逐渐长大并懂得情感的大曼意识到，母亲她封闭的不只是自己的生活，她也封闭了自己的情感，就像她为了自己的儿女牺牲自己的青春，也在透支着自己的生命一样。

只是那天早晨起床时，母亲忽然表情严肃地叮嘱大曼和弟弟们说："你们没有爸了，从此以后你们就和别的孩子不一样了，别人看你们会觉得你们低人一等。所以，你们要穿戴整齐和干净，见人主动打招呼，有礼貌。不管我们家遇到什么困难都必须自己克服，不给别人添麻烦，这样，别人才能看得起我们，尊重我们，记住了吗？"

母亲严肃的神情让大曼意识到事情很严重，大曼率先带领弟弟妹妹们点头，表示记住母亲的话了。

也就是在那一刻起，大曼忽然觉得自己一下长大了，她必须要像一名战士那样勇敢，时刻把自己武装得强大起来，她要保护弟弟妹妹们，保护……母亲！

第二章

初到京城

这就是我们的家吗

2008年4月8日，北京。

“这就是我的家吗?”

一股潮湿、刺鼻的霉味迎面扑来，小曼差点呕吐出来，她急忙屏住了呼吸。眯起眼睛，好半天才勉强适应屋子里昏暗的光线。

这是一间不足8平米的小屋，狭窄的空间被一张双人木板床占据了四分之三的位置，床脚靠墙立着一只旧衣柜，窗子旁摆放着一个小橱柜，家具破旧不堪，上面还布满了肮脏的陈年油渍，让人看了好恶心，难以想象他们怎么往里面放东西的!

木板床上有一床露着棉絮的破烂褥子，像是被流浪汉丢弃的一样蜷曲在那里。床围的墙上贴着几张旧画报，其中两张的上角已经从墙皮上脱落下来，犹如一个疲惫的老人耷拉着脑袋，无望地在风中喘息着，发出哗啦啦的响声。石灰墙面也已经有好多地方脱落了，露出里面斑斑驳驳的红砖和黄

色的泥土，地面象征性地铺着瓷砖，以此说明这是人住的地方，不过，地砖上也是落着厚厚的尘土，几乎辨认不清地砖原来的颜色。

整间屋子只有一个小窗子，窗外是一条狭窄走廊，对面是一间窗帘拉得严严实实的、门窗紧闭的出租屋。虽然这个房间把着门边，但走廊尽头还是无法投射进来一丝一毫的阳光。因此，这间屋子长年处在使人混沌的昏暗之中。

想到她和姐姐今后就要坐在这间像地牢一样的屋子里生活，小曼的心在一点一点地往下沉，像是沉进了一口深不见底的枯井里，充满了委屈和绝望。

在老家住的房子虽然也很破，屋顶都漏雨了，不过，老家的屋子被母亲收拾得很干净，很明亮。每天都有明媚的阳光能通过大窗子直射进屋子里的炕上，她和姐姐坐在窗前，就能看见院子，看见蓝色的天空。她们的思绪会随着天上的白云一起飘飞……

可眼前的这间出租屋暗不见天日，简直憋屈得像一个地窖，根本不是人待的地方嘛！她真想喊母亲和弟弟走，不要住在这个鬼地方！可不住在这里，他们又能去哪里呢？他们从老家坐了一天一夜的火车来到北京，带着她和姐姐的书稿，带着她们的梦想，也带着一身的疾病，就是为了能在这座气候相对温暖的城市里生活下去，这好歹也算是一个能栖身的地方啊！

小曼忍耐着，让站在床边直皱眉头的弟弟抱她出去透透气，这间屋子里的霉味她实在是受不了了。她能看得出，母亲和弟弟夫妇嘴上虽然没说什么，其实他们心里也嫌出租屋太潮湿，太脏乱了。不过，他们忍耐住了，她也只能忍耐住。

弟弟把小曼抱出屋子放在院子里的轮椅上，姐姐大曼忽闪着大眼睛急切地问妹妹："里面怎么样啊?"

小曼撇撇嘴，委屈地说："别提多糟糕啦!"接着，她又喃喃地说，"如果我被卖到这种地方的话，让我逃我都逃不出去!"

大曼提醒妹妹说："没人卖你，这是你自投罗网!"

听了姐姐的话，小曼忍不住笑了，姐姐也笑了。两个女孩儿就这样坐在天井边，无可奈何地傻笑着。

送他们来北京的舅舅和弟弟一起去附近的超市买锅和碗筷。母亲和弟媳用从老家带来的脸盆在水井里打满水，然后端进屋子，开始用房东给的公用拖布打扫屋子。随着一盆盆脏水被倒进院子的水池里，母亲和弟媳脸上也都累出了细密的汗珠。天黑下来的时候，屋子里终于打扫干净了，小曼和姐姐被弟弟一个一个地抱进了屋里。

坐在铺着从老家带来的干净而松软的棉被上，打量着虽然破旧但已经被母亲和弟媳擦洗得很干净的家具和墙壁，姐妹俩的心里才勉强找到一点点"家"的感觉。

在北京的第一顿晚餐

晚饭，母亲煮了一锅白水面条。小曼和姐姐坐在床上，5岁的小侄子杠杠站在床沿边，他小小的身体刚好可以把床沿当桌子用。弟弟夫妇靠门边站着，让舅舅坐在床沿上吃饭。舅舅虽然坐在床沿上，但他的肩膀贴着墙，双腿屈膝，尽量让出点儿空地，让站在窗下煮面、盛面的母亲好能转开身。

一袋香其酱在一家人手里传递着，每个人往碗里的面条上挤一点酱，再递给其他人。轮到小曼和姐姐的时候，舅舅知道她们的手没力气，就要帮她们把大酱挤到碗里，被母亲看到了，她怕舅舅碗里的面条坨了不好吃，急忙伸手抢过去给女儿们挤酱，让舅舅快点趁热吃。

小曼噘着嘴，小声地埋怨妈妈说："妈妈，您怎么没买榨菜呀？我不喜欢吃这酱，甜滋滋的，没咱老家的大酱好吃！"

母亲小声地安慰女儿说："妈忘了。这酱也挺好吃的，你先将就着吃口吧，等明天妈再给你买。"

从母亲充满歉意的神情里小曼能看出，其实不是母亲忘了，她一定是因为嫌榨菜太贵，所以才买了便宜一点的香其酱的，因为一袋榨菜包装好小，只够一个人吃的，而一袋香其酱就够一家人吃的了啊！

小曼不禁为自己的挑食而感到惭愧，她不好意思地低下头，默默地吃起碗里的面条。

从下火车到现在，这是他们全家这一天吃到的第一顿饭。他们都饿急了，谁也不说话，只顾着往嘴里专心地“呼噜呼噜”地喝面条。小杠杠不小心把一小根面条头掉在了床沿上，他习惯而懂事地伸出小手把面条头捏起来放进小嘴里吃了，又举着空碗转过身让奶奶给他盛饭。小曼的鼻子一酸，心里很不是滋味。

这个季节在老家其实也吃不到什么青菜的，不过，母亲起码能给孩子用葱花和油炝炝锅，做的有滋味一点，不会让5岁的孩子跟大人一起吃酱的。小杠杠有支气管炎的毛病，吃的咸盐稍微重一点点就会引起咳嗽，他每次咳嗽都把小脸憋得通红，好半天喘不过气来，叫大人看了好心酸！因此，母亲在小孙子的饮食上格外精心。而且，在老家的院子里还有一口大酱缸，里面一年四季腌着酱萝卜和黄瓜，家里再难的时候都不会缺少咸菜吃的。可是，现在在北京，即使吃一袋大酱也得花钱买，这顿饭凑合着吃了，那下顿饭该怎么办呢？不能总买着吃吧？

小曼不安地抬起头看一眼母亲，从下火车起，母亲就一

刻不停地在干活，收拾垃圾，一句怨言也没有，仿佛住哪儿都一样，只要有落脚的地方就行，她要给儿女撑起的是一个家啊！

此刻，母亲正一边吃着面条，一边用目光扫视着其他人碗里的面条是不是吃没了，她靠墙边站着，守着饭盆，微微向前弯着腰，随时做好放下碗筷给家里人盛面条的准备，那神情就像老母鸡在护着自己身边的小鸡雏啄食一样。在母亲的心里，只要孩子们在身边，她的心里就感到幸福和满足了。

她全部的注意力都在孩子们端着的面条碗里，她照顾着孩子们吃饭，没有时间考虑明天的事。或许她心里早就在为眼前的生活境况担忧，只是作为一家之主，她一直以沉默的坚韧对抗着命运，不让一丝一毫的忧虑影响儿女们的心情。

她要用爱给儿女们信心，用一碗碗热乎乎的面条喂饱孩子们的胃口，也温暖孩子们的心，用行动告诉孩子们："放心，有妈在呢！咱能有碗热乎饭吃就行，在哪儿住都是这活法。"

母亲温暖的动作和神情触动了小曼，她的心里不禁涌起一股暖流，这暖流热辣辣地直冲进她的鼻子，顷刻间她的视线就模糊了。她怕家人看见自己眼里的泪水，急忙假装是被面条汤烫着了，用力吸了吸鼻子，把眼泪咽进了肚子里去。

小曼转而又想："是啊，虽然眼下的日子不好过，在北京这个人生地不熟的城市里生存很艰难。不过，好在我们一家人在一起！只要我们团结一心努力找份事做，我们就能在北京生活下去，实现我们成为作家和主持人的梦想，孩子也能在北京上学!”

想到这里，她忽然觉得昏暗的灯光似乎变得明亮起来了，从锅里冒出来的白色的热气也使屋子里暖和了许多，就连那“呼噜噜”的吃面条的声音也变得十分悦耳了……

这就是最便宜的了

第二天，母亲用轮椅推着小曼去出租屋附近的家家福超市买生活必需品——手纸。

在老家生活的时候，从来没有意识到过手纸也会成为生活上的一个大问题，因为母亲这些年收集了好多小姨和小舅他们上学时用过的旧书本，小曼和姐姐经常把那些书本翻看一遍，好的文章就用剪刀小心翼翼地剪下来，粘成一个小集子收藏起来，不喜欢的，母亲就把他们当废纸用了。而在北京这个偌大的城市里，一张报纸也得花钱买，实在没有废书用哦!

母亲推着小曼去超市里买手纸。这是小曼有生以来第一

次进超市，感觉里面好热闹。商品琳琅满目，应有尽有。而且，还不用先交钱就可以先拿在手里看看，不买也给看（后来，小曼和姐姐又去过更大的超市，才知道这家超市不过是郊区最小最简陋一家而已）。

母亲推着小曼在超市里转悠了一圈，发现这里卖的东西都好贵，手纸最便宜的也要16块钱一提。母亲无可奈何地说："这哪是用纸啊？就是把钱当纸用呢！"

看着母亲犯难的样子，小曼也跟着发愁了。弟弟夫妇还没有找到工作，她和姐姐都有病，孩子也跟着总闹毛病，全家六口人就靠妈妈一个人每月624块钱的退休金生活。而且，还要交房租和水电费。这十多块钱够全家吃三天的饭了啊，他们怎么能用得起这么贵的纸呢？

她忽然想起进超市的时候，看见旁边有卖生活用品的地摊，那里会不会也卖手纸呢？

"妈妈，要不我们去外面的地摊看看呢？"她仰起脸问。

"地摊上能有手纸吗？"母亲怀疑地说。不过她已经推着小曼的轮椅开始向超市外面走了。

在超市里待久了，感觉外面的天好热，太阳晒得人有些喘不过气来。母亲推着小曼的轮椅，用目光在一个又一个地摊上搜寻着手纸。终于，她们在卖瓜子的小摊上找到了。母亲用手指着压在最下面的一袋看起来包装简单的纸问摊主：

"这纸多少钱一袋啊？"

摊主是一个中年男子，看起来慈眉善目的，他热情地回答：

“六块钱一袋，里面十卷呢！”

“五块钱卖给我们一袋，好不好？”

小曼不太好意思的、小声地讲着价，同时递过手里攥得有些汗渍的五块钱。

摊主看看小曼手里皱巴巴的5元钱，温和地笑了。他弯腰拽出一袋手纸递给母女说：

“行，拿去吧！”

小曼高兴地接过那一大袋手纸抱在怀里，就像买到了宝贝一样，感觉压在心上的一块石头被搬走了。用纸的难题终于被解决了，心情也轻松了许多。

母亲推着轮椅上的小曼高兴地往回走，她的脚步也明显轻快了起来。

回到出租屋，又累又渴的母亲顾不上喝口水，她迫不及待地撕开塑料包装，想给大曼看刚买的手纸。可把手纸从袋子里掏出来一看，母女三人都傻眼了，屋子里的其他人也都忍不住噤起鼻子，直皱眉头。

她们买的时候就知道这是廉价手纸，质量不会太好，可没想到会这么糟糕！只见手纸薄得透明，上面还泛着一块黄一块灰的颜色，展开以后就像干透的煎饼一样直掉渣……这样的手纸不仅不经用，而且，用起来也不卫生啊！

大曼埋怨小曼说：“叫你跟着咱妈去挑选手纸，怎么买回来手纸还这么糟糕啊？”

小曼和母亲几乎异口同声地解释说："这就是最便宜的了！"

这时，屋外传来脚步声，有人过来了！母亲慌忙把灰手纸塞进床底下，她真的好难为情让别人看见自己家使用这么难看的"脏"手纸……

就这个一般人家还用不起

房东阿姨手里拿着两把香椿叶，在屋门口递给母亲一把，说："这是别人送给我的香椿叶，吃不了，给你们一些尝尝。"

母亲掩饰着慌张，她接过香椿叶，一边说着感谢的话，一边请房东阿姨进来坐，房东阿姨摆摆手，说她得赶紧回去做午饭了，就急匆匆地往走廊深处走去。

母女在在屋里侧耳倾听着走廊深处的动静，房东阿姨不跟租户住一栋房子，在走廊的尽头还有一扇玻璃门，门那边连接着一座正房，他们全家住在正房里。

她们听见走廊尽头传来钥匙开锁的声音，接着是一声门响，母亲又不放心地，假装到屋门口拿东西的样子，探头看了一眼，确定房东阿姨已经回自己屋里做饭去了，这才放心地返回身，弯腰从床底下掏出那袋“灰手纸”来。

母亲先拿出一卷纸递给弟媳妇，让她带小杠杠去厕所，然后又把撕剩下的多半卷纸放在屋门后面的暖气管道上。屋子里光线暗，那个地方也比较隐蔽一些，只要把屋门敞开着，就能挡住“灰手纸”，别人是轻易看不见的。母亲又把袋子里的那些“灰手纸”重新塞进床底下给藏了起来。

母亲做着这些事的时候，像是在安慰我们，又像是在安慰她自己，念叨着说:“这纸挺好的，才5块钱，够用一个月的了。你们不知道，妈小时候，就这个，一般人家还用不起呢!”

“那您小时候用什么纸呀?”大曼皱着眉头，充满疑惑地问。

“哪有手纸用啊？女孩每月来事，都用碎布头包着锅底灰将就着用，用完了把灰倒掉，布头还舍不得扔，洗干净了，留着下次再用。后来条件好点了，才使上草纸，草纸的质量还不如现在的‘烧纸’呢，一动稀里哗啦地直掉渣。”说着，妈妈叹了口气，“哎！那时候没纸用，都摘过豆叶给小孩儿擦屁股……你大舅小时候因为这还闹过笑话呢。有一次他去邻居家玩，回来跟你姥说:‘妈，人家可富了，上厕所都用她姐姐的粉红色的纸，那纸可软乎啦!’给我们羡慕得不得了，后来买得起了才知道那是卫生纸。”

姐妹俩听了母亲讲的“笑话”，都忍不住“咯咯咯”地大笑起来。刚才因为厌恶“灰手纸”的坏情绪，也随着这笑

声被释放干净了，身上由于天气的闷热而窒息的疲劳感，此刻，也因为心情的突然变好而好了很多。

母亲也笑了，不过，母亲笑得很酸涩！

笑过之后，母亲安慰女儿们说："跟妈小时候比，你们现在有大米白面吃，用纸还得花钱买，真是生在福堆里了啊！"

是啊！母亲小时候连这样的手纸都用不起的，她们还挑剔什么呢？这纸总比草纸吸水性要好多了吧？草纸浸水就融成一摊"糨糊"了，而这纸好歹也能把水吸进去吧！

母亲的话让小曼和姐姐不那么讨厌这袋"灰手纸"了，似乎觉得自己的身份也不这么卑微了，甚至与母亲的童年相比，还挺……"高贵"的！

我不能这样等死

家，终于安顿下来了，可是，小曼却突然生病了。

持续的高烧烧得小曼浑身滚烫，她已经分辨不清究竟是北京的天气太热，还是因为高烧的缘故，她觉得身底下的木板床就像是插着电褥子一样热乎乎的，很烫！整个人像是置身在一个“大火炉”里，被烘烤着、燃烧着、煎熬着……

小曼虚弱地闭着眼睛，忍耐着浑身的疼痛，艰难地喘息着，尽管她已经好努力地在吸气了，但吸进肺叶里的空气还是感觉不够用，她的胸口还是好憋闷！她不得不急促地呼吸，急促地呻吟，而她的脑子里，却还在病痛的混沌中胡乱地思想着……

在老家时，日子过得也是这样艰难而酸涩，每天忍耐着病痛的折磨，不过，那时大曼和小曼有热线电话，有网络。她们每天晚上接听一个小时的热线，白天坐在电脑前，通过网络互动解答“曼曼邮箱”的信件，去关怀和帮助别人（虽然母亲不能具体地参与到她们所做的心灵关怀中，但通过帮她们接一下电话、开开电脑，谈论一些信件的内容而分享她们内心的快乐和充实）。那时，无论她们自己的生活处境和身体状况有多么的糟糕和狼狈，但她们姐妹的生命都是有价值的，都是被需要和被肯定的！

可是，现在来到了北京，曼曼姐妹开通8年的“曼曼心灵热线”被迫暂停了，也不能上网解答“曼曼邮箱”里的信件了，她们之前紧张而忙碌的生活一下子空了下来，生命也一下子失去了重心，变得毫无意义，一点支撑和盼望也没有了！

每天，母女面对的就是下个月要交房租了，面袋里还有多少米这样的生存问题，这让母女感到窒息而无奈。

本来，曼曼们和母亲商量，想重新找一个有电话和宽带

的出租屋，这样，她们就能在北京继续开办热线，还能上网尝试着找份工作，养活自己，帮母亲分担一点家庭的重担。可五里坨这边是北京的郊区，所有的出租屋都几乎没有宽带，而且这里还即将面临拆迁。因此，电信和铁通公司也已经不再受理申办电话的业务了。这样一来，大曼和小曼来北京之前所有梦想的美好蓝图，都因为没有电话而搁浅了……

她们该怎么办？怎么办呢？难道就这样在暗不见天日的出租屋里，忍受着病痛，绝望地等待死亡吗？

小曼迷迷糊糊地听见妈妈踌躇的脚步声在屋子里走走停停，她呻吟了一声：

“妈妈，我要……翻身！”

母亲急忙走过来帮她翻身，可当母亲的手刚碰到小曼的膝盖时，她的腿就牵动浑身每一个关节剧烈地刺痛起来。小曼“啊”的一声尖叫，吓得母亲慌忙停住手腕的动作，她不敢扶起小曼的腿，也不敢放下，就那样用双手托着她的膝盖，一动不敢动地停在半空中。小曼倒吸了一口冷气，咬着嘴唇，好半天才敢让妈妈一点一点地帮她把腿立起来，又勉强动了动上身。她疼得眼泪都掉出来了，却使劲地忍住不让自己哭出声。

母亲心疼地劝小曼说：“要不，妈带你去医院看看吧？”

“不去！”小曼说。

母亲叹了口气，她没有坚持要带女儿去医院，不是母亲不心疼女儿，而是母亲没有钱送女儿去医院啊！

此刻，小曼心里十分清楚，摆在她面前的其实只有两条路：要么去医院看病；要么换一个环境可以重新开办热线和和写作，让自己振作起来。否则，她只有等死！

可看病显然是不现实的……那么，摆在小曼面前的其实就只有一条路了，她必须坐上轮椅自己出去找有电话和宽带的房子。她不能就这样等死，她要自救！

冬天冷再说吧

细心而体贴的母亲知道小女儿是着急找有宽带的房子，因为上火才生病的，她意识到小曼这样总躺着也不是办法，但也不放心她一个人出门，于是，母亲小心翼翼地抱小曼坐上轮椅，又给她梳了头发，陪着她一起出门找有电话和宽带的房子。

虽然已经是下午 4 点多了，但外面的阳光还是很毒，晒得小曼的胳膊和脸蛋热辣辣的好难受！整个人就像一个大火球，里外都热，眼仁和鼻孔里也在喷火。

北京村子里的道路不像老家的村子里都是土路，阴天下雨十分泥泞，轮椅的小车轮一旦陷进去就拔不出来了……即使是晴天，土路面也是坑坑洼洼的很不好走。北京这里大街小巷都是柏油路，光滑而平坦，轮椅出行很方便。不过，就是路边错落不齐的房屋和高矮不一的房门前都有台阶，那些高高低低错落不齐的台阶，就像一座座大山一样横在小曼的轮椅前，她在外面看着都感觉心里发怵，不等进去就已经打退堂鼓了。

可是，既然出来了，就得找呀，说不定在哪儿就有那么一间出租屋是没有台阶的呢！

这样想着，母亲推着轮椅上的小曼硬着头皮往前走。她们坚信，只要努力就会有希望的！

她们从东街走到西街，又走到后街，一边往前走，还一边侧头看着路边人家的大门上有没有写着“出租”的字样。可是，整个村子有闲房出租的人家都住满了人，根本没有空余的房子了。

她们在烈日下迟疑着，张望着，前走走后退退，不知道该往哪儿去了。

后来，母女俩好不容易在后村一户偏僻的小院门上看见写着“出租”两个粉笔字，母亲高兴地上前敲门，问：“里面有人吗？”

“干什么的？”院子里传出一个女人的声音。

“大姐，请问你家还有房子出租吗？”“有！”

母亲急忙返回身推起轮椅说：“走，妈推你进去看看，你问问有电话和宽带么。”

这时红漆大门被打开了，一个50岁上下的妇女从院子里走出来，她看见一位年迈的母亲推着轮椅上的残疾女儿，先是愣了一下，然后急忙摆摆手说："没啦，没啦！房子都预定出去了。"说着，返身迅速地关上了院门。

小曼和母亲被冷酷地关在了大门外，她们心里感到愤怒和屈辱。心想："不租就不租嘛，干嘛这么瞧不起人啊？我们租房子又不是不给你钱！"

母亲气鼓鼓地推起轮椅往回走，她边走还边安慰小曼说："这地方太偏僻了，里面不一定有电话和宽带，我们再回去看看吧！"

母女俩又顺着原路往回走，走到东街和西街的路口时，小曼和母亲同时看见小饭店旁边空着的一间房子，玻璃窗上贴着"出租"的字样，下面还有联系电话。母亲犹豫了一下，也许是被刚才那个女的给气的，心里很委屈和窝火，母亲变得勇敢起来，她什么房子都敢看，也都敢问了。母亲鼓励小曼说："这是做生意的，不过，你打电话问问呢？做生意的也许会带电话和宽带。"

小曼掏出手机，按照窗子上写的电话号码，联系了房东。一会儿，从门面房东边的侧门里走出一个30多岁的年轻女人，她长发披肩，大眼睛，穿着一身浅色碎花布睡衣，看起来人挺亲切随和的。她热情地跟她们母女介绍说："我家房子是租给做买卖的，你们要是住的话，房租我就不按做生意的要了，一个月350元吧，有线电视10元，水三块七一吨，电是6毛钱一度，这些你们要自己承担。”

“那这屋里有电话吗？能上网吗？”小曼急切地问。

“电话我上午才移到后屋。”她笑了，“如果你要是用的话，我把电话线再给你移过来，不过宽带没有，你得自己去铁通营业厅申请。”

母亲和小曼高兴地相互看了一眼，呵！这家有电话啊！也就是说，她们有希望能在北京恢复开通热线了，也能上网找工作了啊！

不过，她们很快就又犯起愁来。每个月350元的房租实在是太贵了，母亲的退休金交了房租，剩下的钱生活费都不够啊！而且，小曼和姐姐上网还需要交网费，也不一定就能立即就找到工作的……

小曼鼓足勇气，小心翼翼地，真诚而谨慎地对房东说：“大姐，我们现在租住的房子是180元，附近的房子最贵的也就200元，您的房子确实是临街的店面，环境好一点，不过，我们不是做生意，真的是想租下好好过日子的。其实，我们现在的房东也很好，就是那里没有电话，我们需要电话上网，所以才想到换房子的。您看看再便宜一点好吗？我们会一直住下去，不会总搬家折腾您，也会很好地爱惜这房子的！”

房东大姐似乎被小曼的话打动了，她犹豫一会儿，说：“如果你们要是打算长住的话，我就给你们一个月250元吧，这价不能再低了。不过，这屋子冬天不能烧煤炉，北京每年冬天都有煤烟中毒死人的，你们得用电取暖。”接着她又补充说：“用电取暖也不贵的，三个月也就六七百块钱。”

听了房东嫂子的话，小曼苦笑了一下，对于一般人来说，六七百块钱也许算不了什么，但对于他们全家来说，那可是他们两个月的生活费啊！

不过，房东嫂子能把房租降到250元，她和母亲已经好感激她了。冬天冷，再说冷的吧，只要有电话，能上网，日子就有改变的希望和奔头啊！

于是，小曼跟母亲商量，决定租下这间房子——搬家！

一定要帮母亲撑起这个家

第二天上午，母亲和新房东签了租房合同，下午就开始搬家了。

就要逃出这间小黑屋了，大曼和小曼心里说不出有多高兴，小曼已经退烧了，身上感觉不那么烫了，人也精神了好多。她和姐姐兴奋得连中饭都不想吃了，可是母亲还是硬让她们吃饭，她们只好每人勉强喝了半碗白水面条，然后，开始张罗着帮妈妈搬家。

弟弟已经找到一份保安的工作，每天两班倒不允许回家，不能回来帮忙，家里就母亲和弟媳两个女人干活，显得有些力不从心。

小曼和姐姐坐在轮椅上动不了，不能帮母亲拿东西，心里干着急。不过，她们能帮母亲想着什么东西放在什么地方，指挥母亲把东西归类、打包。而且，小曼和姐姐还做了明确的分工：姐姐负责在西街 19 号看屋；小曼带着小侄子杠杠负责在东街 4 号新租的房子看搬过去的东西。

新租的房子门前有四级台阶，轮椅上不去，小曼只能坐在路边的大树底下看屋。

北京五月初的天气说变就变，昨天还火辣辣晒得人难受的太阳，今天却躲在了乌云的后面，还刮起了大风，狂风卷着沙子和尘土吹得人皮肤像被细鞭子抽打的一样疼，有一阵竟下起了雨。

“小杠杠，下雨啦！快进屋里去躲雨！”小曼喊在台阶上玩小石头的小侄子。

“小姑姑！”小杠杠听见小姑姑的喊声，他头也不抬地丢下手里玩的小石头，飞奔着向小曼跑来。

“宝贝，下雨啦，你先进屋躲一会雨，等雨停了再出来玩，好不好？”

小家伙不理会小姑姑说的话，他在雨中挺起小肚子，扭动着小身子迅速地脱下自己身上的小外衣，学着奶奶的样子给小姑姑裹住双腿，掖好衣服角……

“哎呀！宝贝，小姑姑不冷，你快穿上，你会冻坏的！”

“我不冷，我进里去嘛！”

他强行用自己的小外衣把小姑姑“保护”起来，然后才放心地顶着小雨跑进空屋子里去。透过雨雾和飞扬的沙土，小曼看见他站在屋门槛上，侧身用小手扶住门框，把小脑袋探出门外，瞪着大眼睛看着自己，再扬起小脸看看天上的雨和台阶上他堆起的石头“堡垒”，充满期待地等着雨停。

小曼的心里涌动着一股热乎乎的暖流，那股暖流直冲进她的鼻孔和眼睛里，她的视线也模糊了，喉咙像塞着棉花一样说不出话来。呵！小小的孩子，他已经知道心疼人了，懂得怎么照顾姑姑了。

小曼把热辣辣的眼泪吞进肚子里，尽量装出一富轻松的表情，等雨小点了，招手叫小杠杠过来，拉起他的小手对他说：“宝贝，你把衣服穿上吧，姑姑已经不冷了。冻坏了小侄子，姑姑会心疼的。”

小家伙乖乖地穿外衣，小胳膊却怎么也认不准袖口，小曼用左手托着右手，帮孩子拉着衣襟让他穿，他穿好衣服又一蹦一跳地跑到台阶上玩石头去了。

小曼继续向西街的方向张望，等待母亲抱东西过来。

天要黑下来的时候，终于把家搬完了。母亲把轮椅上的大曼也推过来了。她和弟媳把大曼和小曼连人带轮椅一起抬上台阶，抬进出租屋里。厚厚的墙壁挡住了肆虐的冷风，小曼的身上才感觉到一丝暖和气儿。

只见屋地上堆着电饭锅和塑料布包裹的被褥、衣服等乱七八糟的东西，十平米的小屋依然拥挤而狭小，只是，因为没有床和家具的缘故，屋子的上空显得空荡荡的。她们这才意识到，还没有床睡觉呢！

母亲又急忙去旧货市场打听二手床的价格。一会儿，母亲回来告诉女儿们说："一张双人床，还是硬板的，就要160块钱，也太贵了啊！"

"就没有便宜点的吗?"大曼不甘心地问。

"没有，北京的东西都这么贵！"母亲很烦恼，她皱着眉头，忧虑地站在门口瞅瞅这儿，看看那儿，转悠了好半天。天已经完全黑下来了，孩子仰着小脸喊饿了，该做晚饭了，母亲叹了口气，狠下心说："160块就160块吧，总得睡觉啊！"

于是，母亲和弟媳又回旧货市场去买床了。

小曼看着母亲疲惫的身影在夜色缓缓前行，心里好难受，很不是滋味……

以前母亲走路的时候，她的腿是抬起来脚跟离地往前迈步的，可是，最近两年，不知道从什么时候起，母亲走路时脚跟总是擦着地面往前拖，因此，每次她和姐姐坐在屋里听脚步声，就知道是母亲还是弟弟回来了。因为母亲她已经累得没有力气抬起腿走路了！

如果弟弟在家该有多好！这些体力活弟弟能干动的。现在弟弟不在家，所有的活儿都落在了母亲和弟媳的肩上，而妈妈是母亲，她是一家之主，是最累的，也是最操心的啊！

小曼用力咬住嘴唇，在心里暗暗发誓："妈妈，我们一定要'站'起来，帮您撑起这个家！"

第三章

没有父亲的中秋节

半夜墙根儿塌了

罢园以后，下了几场秋雨，天一下就变冷了。人们来不及穿长袖衫，脱下半截袖，就直接穿上了毛衣毛裤。大曼身上本来就没劲儿，再穿上笨重的毛衣毛裤，她感觉自己像是被绳子捆着一样难受，就连抬起手腕端饭碗的力气都没有了。她只好把饭碗拽到桌子边，然后低下头去，用筷子往嘴里扒拉着吃饭……

母亲把葵花籽剥下来，铺在炕头上，每天用做饭烧火的余热想把葵花籽烘干，好等过年的时候吃。到了晚上，母亲就用扫炕的炕笤帚把瓜子往靠墙根处堆了堆，然后，他们将就着在炕梢铺上褥子睡觉。

屋外，连绵不断的秋雨已经下了一整天了，稀稀拉拉的雨滴打在玻璃窗上，在漆黑的夜里让人感到说不出的失落和忧伤。大曼和弟弟妹妹们不知道母亲的心里会是什么感受，在这样凄冷的夜晚，母亲会更想念父亲了吧？

刚吃过晚饭，孩子们还有些兴奋，他们躺在温暖的被窝里，叽叽喳喳地睡不着。母亲关掉灯，命令孩子们睡觉。孩

子们闹了一会儿以后，也都累了，屋子里慢慢安静了下来。

不知道过了多长时间，大概已经到了半夜，母亲和孩子们睡得正香、正沉的时候，忽然，耳边“扑通”一声巨响，孩子们都被吓醒了。

母亲也吓得“噌”地一下就从被窝里爬了起来，大曼迷迷糊糊地还没有明白是怎么回事，就听妈妈惊叫说：

“哎呀！墙塌啦！”

大曼挑起眼皮往头上一看，可不是嘛，只见北面桌子底下的墙根居然塌下来一个大窟窿！屋外的亮光从大窟窿里射进来，好像窗户底下又多出来一个“窗户”一样。

一股潮湿的冷空气吹进来，大曼和弟弟妹妹都被冻得打了一个冷战。刚躺进被窝时，听着窗外淅淅沥沥的雨声，刚刚还感觉温暖而安全的小屋，此刻似乎顷刻间就变成了一堆“废墟”！

母亲急忙伸手给大曼和弟弟妹妹盖好被子。

“妈！怎么办呀？”大曼小声地问妈妈，那么大的一个窟窿，感觉一个人都能轻而易举地钻进来！

母亲安慰她说：“别怕别怕！没事儿。等明天早上妈再想办法弄上。”

大曼知道，母亲也一定感到很害怕，才不敢下地的。每天晚上拴上门睡觉的时候，母亲都在屋门口放一把大斧和一把小斧，母亲对弟弟说：“如果有坏人来了，你用小斧，妈用大斧，咱娘俩保护你大姐和二姐，把坏人砍跑！”

弟弟挺着小肚子勇敢地点头。

两把斧子一直没有用上过，但是，那两把斧头立在屋门后，就像两个站岗的“战士”一样，让大曼的心里一想起来就有了安全感。母亲心里也一定是这样想的吧？

大曼想：“我们有妈妈保护，门口还有坏人怕的大斧头，什么也不用怕啊！”这样想着，她心里多少感到踏实一点了。但她还是不敢睡觉，她和弟弟妹妹躺在黑夜里，不时地抬头看一眼后墙的大窟窿，真的好怕会从大窟窿里钻进来坏人，或者是猫狗什么的……怪兽……

大曼就那样睁着眼睛看着那个洞，忧心忡忡的，不知不觉困意席卷而来，她不由自主地闭上了眼睛，可紧接着她又激灵一下被惊醒了，想起那个可怕的大洞还敞开着呢，就急忙睁开眼睛继续盯着它看。

“你们睡吧，妈看着点，不会有坏人进来的。”母亲又给大曼和弟弟妹妹掖了掖被角，让他们放心睡觉。

大曼嘴里含糊地答应着，可还是很不放心，想和母亲一起看着点儿。仿佛看着它，就不会有坏人进来了，起码如果有坏人进来的话，她能在第一时间喊母亲去拿大斧头砍坏人啊！

大曼困得上眼皮和下眼皮直打架，总是不由自主地垂下来，再垂下来……终于，眼皮沉重地合上了，她，不知不觉地睡着了。

等大曼再睁开眼睛时，天，已经大亮了。

生活在被世界遗忘的角落

母亲找来一块破旧的门板，暂时把墙根那个可怕的大窟窿给挡住，外面的风暂时吹不进来了，母亲才放心地换上出门时穿的那件蓝色中山装，领着弟弟东海出去张罗拉草和黄土回来修房子。

母亲出门时把屋门锁上了，随着“咔嚓”一声响，一把锈迹斑斑的黑锁头隔绝了大曼和小曼与外面世界的所有联系，她们就像生活在一个被人遗忘的角落，幼小的心灵里涌出一股说不出来的孤独和无助感。

窗户也关得严严实实的，但大曼还是让小曼爬上窗台，用一块粉红色的小手绢把两扇窗子的拉手紧紧地捆在一起。她们不是怕冷，而是害怕母亲不在家时，会有陌生人进来，万一是坏人赶不走可怎么办?

母亲走时没有来得及做早饭，她把碗橱里剩的一碟咸菜和大半个凉馒头留给她们吃，自己饿着肚子走的。

大曼老老实实地靠着窗框坐在窗台上，让能动的小曼爬到炕沿边，把咸菜和馒头端到自己跟前。小曼把馒头掰成两块儿，她们姐妹俩一人一块儿分着吃。咸菜是芥菜疙瘩切成的细丝儿，母亲昨晚炒菜时还往咸菜里面滴了一点熟油，黄色的油花漂在酱色的咸菜水上，特别好看，闻着也特别让人有食欲。大曼和小曼用馒头蘸着咸菜汤吃，虽然吃着好咸，但真的好香啊！她们甚至觉得这个比世界上的山珍海味都好吃。

一会儿工夫，手里的半块儿馒头就吃没了，混着油花的咸菜汤也被她们蘸没了，姐妹俩的肚子不饿了，却感到口好渴，多想喝一杯水啊！

她们这才惊慌地意识到——咸菜，吃多了！

暖壶就在北窗下的桌子上放着，虽然看着距离她们很近，但她们坐在炕上是绝对够不到的。没办法，她们只能忍着，不停地咽唾沫，其实嘴里已经干得一口唾沫都没有了。

大曼发现咸菜汤比咸菜丝都咸，真后悔刚才不应该贪吃！甚至她现在闻到咸菜的味儿都觉得恶心。大曼让妹妹再把咸菜盘子端到炕沿边离她远一点的地方，她扭头尽量不看那盘咸菜，而脑子里就是想一下咸菜都觉得渴得受不了，恨不能马上喝到一口水……

太阳越升越高，金灿灿的阳光从窗台移动到苹果绿的炕席上，窗框灰色的影子把炕面分成了几个小方块。小曼找出一个小铅笔头，阳光每移动一寸，她都会在炕席上画一个小道道。小曼问："阳光照到这里的时候，妈妈会回来了吗？"

大曼说："会的，妈快回来了哦！"

可是，阳光一点一点地从炕席上挪走了，炕上被画了一道又一道，最后阳光照到了柜子上，又爬到了东墙上，妈妈还是没有回来。

大曼和小曼渴得实在是难受极了，等得都已经绝望了。大曼面颊贴在玻璃上，小曼趴在窗台上，她们呆呆地眨巴着眼睛，一动也不想动，就这样竖起耳朵听外面的动静，盼着能听见妈妈那熟悉的脚步声……

忽然，“咣当”一声大门响，她们都惊喜地伸长脖子向窗外张望，以为能看见母亲穿着中山装的浅蓝色身影，可是，院子里安静极了，只有晒衣绳上搭着的一件弟弟的小背心在空中晃悠着，晃悠着。原来是风把院门吹动了。

母亲，没有回来，母亲还是没有回来！

大曼和小曼失望地缩回了脖子，彼此懒得连话都不想说了。她们无可奈何地眨巴着眼睛，干巴巴地等着，盼着，煎熬着……

忽然，小曼说：“姐姐，如果墙上有一个水龙头管该有多好啊，那样我们就可以自己喝到水了！”

大曼说：“如果碗橱也在炕上就更好了！那样妈妈不在家，我们就能自己够到吃的了啊！”

“最好厕所距离我们也好近哦！”

“三姨家的电视里就演过，大城市就有这样的房子啊！”

她们不禁“咯咯咯”地笑起来。这个好玩的想法激励了她们，她们开始想象，如果自己能拿到水，够到吃的东西，

那会是一种什么样的感受呢?

好像，好像那样的话，生活就真的没有什么困扰她们的了啊!

忽然，远处大道上隐约传来马蹄声，大曼和小曼看见大门缝里恍惚有身影在晃动，接着，大门被推开了，母亲裹着蓝色的围巾，她满面通红，兴奋地打开屋门，大声地说:“草买来啦！还差黄土，明天就送来。”说着，母亲不等她们开口，就去倒了一茶缸开水，拿到外面水缸里冰了冰，又用嘴唇尝尝不烫了，端给大曼和小曼喝。

“妈，你怎么知道我口渴啊?”大曼奇怪地问。

“我知道你们就得想喝水，吃咸菜还有不渴的?”

大曼和小曼“咕咚”“咕咚”地喝了半茶缸温开水，她们就像两棵干枯的小树苗得到了雨水的滋润，又叽叽喳喳地开始不停地说话了。

沉寂了一天的屋子里，因为母亲的回来而变得又充满了生机。屋门和窗子都敞开着，虽然有点冷，但大曼和小曼觉得被凉丝丝的冷风吹着很舒服，很惬意!

母亲回来了，打开门窗，她们又属于这个世界了啊!

没有父亲的中秋节

第二天是中秋节，邻居家叮叮当当地剁肉馅，开始包饺子，可是，大曼家里却冷冷清清的，母亲换上一件袖口破了洞的衣服，准备修房子干活了。

黄土和稻草终于买回来了，就堆在大门口外，一车黄土倒在路边，高高的像一座枯黄的山。这些黄土和稻草是母亲昨天步行走了好远的路，跑到东山根底下一个非常偏僻的小村子里买回来的。母亲为了张罗买这些东西，她一天都没吃饭，回来已经累得不知道什么是饿了，但看上去母亲很兴奋的样子，仿佛终于能解决一个大难题，日子反倒因为塌了的墙角而变得充满了生机和希望。

大曼和小曼穿着厚厚的毛衣，推开窗子趴在窗台上，迎着还有点刺眼的阳光看母亲在院里忙活着。虽然外面的冷空气冻得人直打哆嗦，但她们很愿意这样看着母亲干活，仿佛这样也是一种分担。

母亲先用铁锹一下一下地把黄土弄到土篮子里，再一筐一筐地提进院子，倒在院子的中央，又把稻草也一捆一捆地抱进来。母亲找了一块木板放好，蹲在地上用一把平时剁鸡食用的豁了口的破菜刀，像切菜一样把稻草剁成一小段儿一小段儿的。然后，母亲用一把大铁锨在土堆上挖了一个大坑，把切碎的稻草放进去，回屋从水缸里提了一桶水倒进去，冷水“咕咚”“咕咚”地被黄土和稻草迅速地喝进去了，母亲急忙拿起铁锨像炒菜一样开始快速地搅拌黄泥和稻草。

可是，天实在是太冷了啊，黄泥和稻草还没有来得及搅拌均匀就被冻成了冰坨。母亲回屋又提了一壶早上刚烧的开水倒在土堆上，趁着呼呼往外冒着热气的工夫，快速而吃力地搅动着黄泥和稻草……

和好了泥，日头也升高了，温暖的阳光照射在土堆上，土堆隐隐约约还冒着热气，泥浆暂时不会被冻住了。母亲找了一个破脸盆，用泥抹子盛满了泥浆去屋后抹墙。

母亲先捡起碎砖头，找大小均匀的一块一块地垒，可大部分砖头摔碎不能用了，她只好戴着手套去外面捡。这样来来回回跑了好多趟，到中午的时候，母亲终于砌起了一面“墙”。大曼和弟弟妹妹们坐在炕上，透过砖头缝儿恍惚能看见母亲穿蓝色裤子的身影来回晃动。她们正要兴奋地叫，就听“哗啦”一声，刚砌好的“墙”又倒了，原来是母亲往上面糊黄泥的时候太用力，墙根又塌了！

屋里和后园子又透亮了，母亲蹲在墙根的大窟窿边往屋里看着孩子们，大曼以为母亲会叹气或者是生气，没想到母亲却笑了，妈妈一笑大曼和弟弟妹妹也跟着笑了。母亲用戴

着手套的手背抹了一把头上的汗说："哎！傻了啊，刚才咋没往砖头上抹黄泥呢！没黄泥砖头和砖头不粘，哪能站住嘛！"说着，母亲顺着大窟窿爬进半个身子，把倒在屋里的砖头一块一块地捡出去，重新开始砌墙。

大曼知道母亲忙活了半天时间一定很累了，但是，看到母亲热情高涨地砌墙根，虽然她和弟弟妹妹们很冷，很饿，但也耐心地等母亲砌完墙后再做饭吃。

这时，邻居家的孩子来找弟弟玩了，小孩穿着哥哥穿过的旧衣服，裤管拖着地面都磨破了边儿，袖口向上挽起来好几层，黄鼻涕像面条一样流到了嘴唇边，他不时地用力一抽，又吸回到了鼻孔里去了。尽管看起来如此邋遢和叫人感到恶心，但他手里却拿着一块诱人的大月饼正起劲儿地吃着，胳膊弯里还抱着一只大苹果。他吃一口月饼又啃一口苹果的动作立即吸引了三个孩子的眼球，大曼和弟弟妹妹不看妈妈抹墙了，而是盯着邻居家的孩子，看他吃东西……

大曼和弟弟妹妹们甚至都能闻到他手里的月饼和苹果混合在一起的，甜滋滋的清香味儿。

啊！今天是中秋节！他家里一定在吃月饼，包饺子，热热闹闹的过节呢！

大曼和弟弟妹妹们多想能吃一块这么好吃的月饼啊，哪怕就咬一小口也行啊！

可是……自己家别说是月饼了，就是连一个白面馒头也没有！一阵莫名的失落感使孩子们都不说话，只是静静地看着小男孩儿吃东西时骄傲的动作。

忽然，大曼听见屋后墙根处母亲用力的咳嗽声。她一抬头，看见母亲站在后窗户下正严肃地看着自己和弟弟妹妹们，仿佛在警告她们："不许看嘴!"大曼忽然意识到自己错了，拉了拉妹妹的衣襟，妹妹有些难为情地把脸扭向一边，她们不去看邻居家的男孩了。

大曼听见弟弟东海冷淡地对小男孩儿说："我不去玩了，我得帮我妈妈干活呢!"说着，弟弟趿拉着母亲的一双大鞋像模像样地跑到后院去了。

小男孩只好走了，随着"咣当"一声大门响，月饼和苹果的香味也飘远了，大曼和小曼的心也收回来了，她们继续看母亲干活，继续等待!

战役才刚刚开始

母亲突然放下手里的泥盆不干活了，她一边摘掉手套，一边走进屋，大曼和小曼感到一阵莫名的紧张，以为母亲会因为她们刚才看嘴，而要狠狠地批评她们一顿呢，所以静默着大气都不敢出。没想到母亲径直走到后窗边挂衣服的地方，从那件褪了色的中山装里掏出钱，转身对她们说："你们在屋等着啊，妈给你们买月饼吃去。"

听到母亲说要给他们买月饼吃，姐弟三个既吃惊又高兴！他们相互你看看我，我看看你，抿着嘴不出声地乐了。

母亲只买回了两块月饼，他们知道母亲没有太多的钱，就这样，孩子们也已经感到好知足啊！

母亲蹲在炕沿边，小心翼翼地接着炕沿把月饼掰成两半，四个人每个人半块。大曼注意到母亲的那块月饼好小，只有一个边儿。小曼也抗议说：

"妈妈！你的太小了，弟弟的太大了啊！"

"妈不爱吃月饼，弟弟小，需要营养，给弟弟多吃一点吧！"

“妈妈，我也不爱吃月饼，咱俩换吧！”

大曼懂事地把月饼递给母亲，要跟母亲换，可母亲却一边往嘴里塞那个月饼边儿，一边口齿不清地摆手说：“妈不饿，你吃吧，妈得去干活啦！”

大曼看着弟弟和妹妹一小口一小口地吃着香甜的月饼，再看一眼母亲一块砖头一块砖头砌墙根时吃力的动作，她把手里的半块月饼又掰成了两半，把其中一小块悄悄地用一块桃红色的小手绢小心翼翼地包好，放在腿底下，不让弟弟妹妹看见。然后，她这才放心地开始吃属于自己的那小半块月饼。

月饼好甜啊！甜滋滋油腻腻的月饼香味，让大曼觉得自己家里也有了过节的喜庆味儿，心里有一种说不出的激动和满足感。

母亲这回学聪明了，她先在墙根摆一行砖头，还在砖头和砖头之间灌满了黄泥，让它们彼此之间紧密地粘住。然后，再拿起一块砖头，往上面抹一些黄泥，狠狠地压在地面的砖头上。

“你们看屋里那面砌的行吗？”母亲问。

“妈妈，这边挺平整的哦！”她告诉母亲。

母亲不放心，还是跑进屋来看一眼，然后满意地跑回去继续砌墙根。屋后没有阳光，很冷，母亲的双颊被冻得通红，瘦弱的身影晃动着，她皱着眉头，咬着嘴唇，似乎是下定了决心：“这一次一定要把墙给砌起来！”

大曼看着母亲一块砖头一勺黄泥，忙活了一个下午的时间，终于把“墙”又重新给垒砌起来啦！母亲站起身，在后窗下往屋里看，隔着窗玻璃问：“屋里暖和了吧？”

“妈妈，暖和多啦！”大曼和小曼几乎是同时大喊。

母亲从后园子绕过来，没有进屋，而是又急忙拖着沉重的脚步收拾院子，想赶在天黑之前把剩下的已经冻成坨的泥浆一点一点地铲到盆里，端到柴火棚里的一个角落放好，预备冬天土炕和灶台哪里露烟，好抹墙缝用。

大曼和小曼坐在屋里的炕上，听着外面母亲用破菜刀刮铁锹上的泥浆，铁器和铁器摩擦传出的刺耳的响声，那代表着劳动已经接近尾声的“胜利”的声音，让小姐妹两个幼小的、寂寞的心里终于松了一口气：“噢！妈妈很快就会进屋了！”

是的，母亲很快抱柴禾进屋烧炕了。随着灶膛里“噼里啪啦”的烧柴声，冰凉的炕面和整个屋子都热乎起来了，窗玻璃上蒙的水雾慢慢地流淌下一道道水珠……

闻着墙根散发的泥土味，看着被新砌起来的红的砖头，黄的泥块，那么的整齐和“鲜艳”。原来母亲用破门板挡着墙根的大窟窿，虽然风暂时吹不进来，但无论母亲怎么收拾屋子，屋里都显得破烂不堪的，好像总也收拾不干净一样。而此刻，墙根被修好了，屋子又重新变得安全和整齐起来了。不知道为什么，三个孩子感觉就像住进了“新房子”里一样兴奋和激动。

母亲一边捶着自己的后腰，一边心满意足地打量着抹好的墙根，母亲的脸上露了笑容。她向后挺了挺脊背，满意地打量着自己的“新家”。

“妈！给您哦！”大曼把花手绢里包的东西递给母亲，母亲接过去刚展开手绢，弟弟仰着小脸就凑过去看是什么？母亲心疼地又把那小半块月饼递给了弟弟。

大曼好想让母亲吃，但当她看到弟弟瘦弱的样子，她的心软了……

天，完全黑下来了。孩子们躺在温暖的被窝里，母亲干了一天的活，已经很累了，她躺下就睡着了，大曼和弟弟妹妹们也很快就进入了梦乡。

这两天因为坍塌的墙根，日子过得特别的艰难和漫长，好像每天都在受冻和挨饿。母亲张罗着拉黄土和干草修房子，不亚于张罗着盖一栋房子那么操心，那么累！而大曼虽然帮不上什么忙，但她和妹妹坐在土炕上看着母亲干活，也好像是在帮母亲盯着打一场艰苦的战役，心理和身体都感到十分劳累和疲惫。

而幼小的大曼丝毫也没有意识到，父亲去世后以后，母亲作为一个单身妈妈，她和妹妹作为两个单亲家庭里成长的重残孩子，她们人生的这场战役，才刚刚开始啊！

第四章

出租屋里的阳光

好想吃一根冰棍啊

家，终于搬完啦！宽带也安装上了。可是，经过搬家的折腾，小曼的病却更加严重了……

“冰棍！卖冰棍喽！”

小曼躺在床上，迷迷糊糊地听见街上传来小贩叫卖冰棍的声音，她的心一动，北京也有走街串巷卖冰棍的吗？她以为只有老家那种小地方才会有骑着自行车卖冰棍的呢！冰棍要比雪糕和冰淇淋便宜一点，一根冰棍只有两毛五分钱，最贵的也就3毛钱，不过利润也低，在老家，一般都是总也找不到活儿干的人，会迫于生计临时卖一夏天的冰棍的。

小曼闭着眼睛，听着屋外传来的叫卖声，仿佛已经看见了一个破旧的自行车后座上驮着的那只白色的、裹着厚厚的塑料布的泡沫箱子，打开泡沫箱盖，卖冰棍的小贩从里面拿出一根裹着白色糖纸的冰棍，阳光下，冰棍往四周“冒着”白色的凉气，剥掉糖纸，咬一口奶白色的冰棍，甜滋滋的浑身凉爽。“啊！那感觉真好啊！”

想到这里，小曼本能地咽了一口唾沫，就在她咽唾液的

一瞬间，那几秒钟里，她的嗓子里像是有无数把小刀在刮她的喉咙，火辣辣地疼！即使她不咽唾沫，也总感觉嗓子眼里好像含着一块棱角分明的石块，堵得难受。小曼皱紧眉头，苦着脸，更觉得嗓子疼得厉害，浑身热得难受，也更想吃一口冰棍了啊！哪怕就咬一口也行，冰冰嗓子也能减轻点疼痛……

"冰棍，卖冰棍喽！"卖冰棍的吆喝声越来越近了，也越喊越起劲儿了，小贩好像知道这间屋子里有人想吃冰棍似的，所以，他的叫卖声特别洪亮。

其实，小曼很想再睡一会儿，闷热的天气和咽喉的肿痛，让她浑身乏力，眼皮沉重得似乎连睁开的力气都没有了。但是，当卖冰棍的吆喝声走近时，她还是经不住诱惑，不由自主地睁开眼睛往屋门外看了一眼。她躺着看不见屋外，只能隔着床栏看见屋门口的那棵大树和隐约的街道。

小侄子杠杠正躺在姐姐的怀里扳着自己的小脚丫玩呢，听见卖冰棍的声音，他也"噌"地一下爬起来，跪在小床上，两只小手扶着床头的铁栏杆，瞪着大眼睛往屋外看。姐姐大曼也跟着抬眼往屋外看去。小曼也知道他们看见卖冰棍的了，但他们看得很认真，一边看，还一边支着耳朵听，似乎很过瘾！

母亲蹲在屋地上在淘米。小曼想："妈妈一定也听见了卖冰棍的吆喝声了吧！"那声音在闷热的中午显得那么洪亮，那么充满生机，充满诱惑力。母亲热得满脸流汗，额前的头

发都湿了，她应该也很渴，她不可能听不见的。不过，母亲没有像他们一样抬头往屋外看，她在认真地搓洗着从超市里买回来的促销大米，想努力把发黑的米粒洗干净，把里面的沙粒挑干净……

他们谁都不好意思向母亲开口要冰棍吃，因为他们知道母亲没有多余的钱给他们买那么“奢侈”的零食。就连5岁的小杠杠也只是懂事地趴在床头上，眼巴巴地看着卖冰棍的大叔用自行车驮着冰柜箱子，慢悠悠地从屋门前走过去。小曼听见吆喝声走到屋门口时，明显变高了，也变长了。等那卖冰棍的吆喝声走远了，听不见了，小杠杠还意犹未尽地趴在床栏上不愿意下来。他的小嘴紧紧地抿起，低头在铁床栏上摩擦着自己的小嘴唇和小鼻尖儿，好像是在闻上面的“凉气”，又像是在敲打自己的嘴唇，想让自己努力忘记对冰棍的渴望。

小曼心疼小侄子，不禁感到一阵酸楚……这时，她已经忽略了自己嗓子的疼痛和也想吃冰棍的迫切渴望，她真想喊母亲：“给孩子买一根冰棍吧！就一根！”但她张了张嘴，还是忍住了。虽然换了有宽带的房子，能上网了，又恢复开通了“曼曼心灵热线”，但想在网上找份工作却不是那么容易的。母亲一个人每天面对房租和买米买面的生存问题，已经够为难的了，不能再让母亲更为难了啊！

一只画出来的猪肘子

不能吃冰棍，小曼转而关注母亲中午做什么午饭。除了想吃凉的，她还喝骨头汤，反正不想喝米粥就拍黄瓜了，可那又偏偏是家里夏季雷打不动的午餐内容啊！

“我想吃肉了，你馋了吗?”小曼小声地问姐姐大曼。

“我也想!”大曼说，忽然，大曼像是想起了什么事，笑着问妹妹，“你还记得小时候，你给我画猪肘子‘解馋’的事吗?”

小曼先是愣了一下，忍不住笑了。姐姐的话把她的记忆一下带回到了十五年前的一件事……

那还是在老家的时候，有一次姐姐生病了，病得好严重，一直发高烧。母亲出去给姐姐买退烧药，药店距离她们家很远，要经过一个铁道口，再绕过一条大河。冬天的河面虽然已经冻结了，但妈妈还是不敢走冰面，只能绕远道。母亲走了大半天还没有回来。小曼坐在窗台边，着急地往窗外张望，四月的东北还到处是积雪，隔着窗子上封的厚厚的、御寒的塑料布，她看见外面到处是雾蒙蒙的一片，根本看不清楚哪是院门，哪是柴火垛，也不知道大门是敞开着的，还是被母亲临走时关上了……

姐姐躺在土炕上昏昏沉沉地睡着了，她在睡梦中不自觉地发出痛苦的呻吟声，伴随着呻吟声，她的鼻翼也跟着呼扇着，看起来好难受，也好叫人揪心啊！

小曼不安地坐着，不敢动，怕弄出响声会惊醒姐姐，她醒了会更难受的。

这时，外面街上忽然隐约传来收废品的吆喝声，声音很远，也很小，但还是惊醒了姐姐。她的睫毛颤了颤，睁开眼睛，用迷离的眼神往四周看，像是在辨认自己躺在哪儿，又像是在找寻母亲熟悉的身影。因为她自己转不动头，眼睛能看到的地方实在有限，所以，她看了一会儿就累了，气馁地闭了一下眼睛，然后焦虑问妹妹："妈怎么还不回来啊？"

"你想翻身吗？"小曼问姐姐。

"我想吃肉！"姐姐忽然说。

"那你怎么不早说呢？"小曼埋怨姐姐说，"你早说，妈妈不是就顺路给你买回来了吗？"

姐姐叹了口气，虚弱地说："算了吧，妈那点钱能够买药的就不错啦……"

她们都沉默了。

小曼其实心里很清楚，她知道姐姐不跟母亲说想吃肉，是因为她知道母亲不会买肉回来的。不是舍不得买肉给她们吃，而是母亲真的没有钱买啊！看着姐姐难受的样子，小曼

真想能为姐姐做点什么，让姐姐精神一点，高兴一点，有点希望，她的病说不定就能好的快一点啊！

小曼的脑子里飞速地转动着，怎么办呢？她弄不到肉给姐姐吃，可……她灵机一动，从身边的塑料筐里翻出一张白纸来，然后，又找到一支铅笔头，根据她在小人书上看到的“鲁智深醉酒”的画面，想象着画了一只又大又圆的猪肘子，下面还画了一只盘子托住它，猪肘子往外滴答着油汁，冒着热气，看起来就像真的一样，好香，好诱惑人啊！

“姐姐，你快看！”

小曼骄傲地把这幅画举在胸前，因为手没有力气把画举得高一点，就低着头用下颏和脖子夹住画的上边，手拽着下角给姐姐看。大曼无精打采地把目光调过来，当她看见妹妹的画时，一瞬间眼睛明亮起来，眼神里也闪烁起希望的光芒，有激动，有惊喜，也有……

她盯着小曼的画看了好长时间，似乎妹妹手里举的不是一幅画，而是一盘刚出锅的、热乎乎、香喷喷的猪肘子。她已经闻到了肉的香味儿，忍不住咽了一下口水，由衷地说：“对！我就想吃这样的肉。”又说，“你从哪儿学的啊？你画的还挺像的呢！”

“怎么样？还是我了解你吧？你看‘解馋’吗？”

“解馋！——不过也更馋了哦！”

两个女孩儿都忍不住为这傻傻的举动乐出了声。大曼的注意力被那幅“猪肘子”的画给吸引了，她看起来似乎不那么难受了，也有点精神了，苍白的脸上微微泛起了叫人兴奋的红晕。她们一边看着画，一边商量说，以后等有了钱，一定要买一只这样的大猪肘子炖着吃。

而且，第一口肉，一定要先夹给母亲吃……

她痛苦地闭上了眼睛

吃过午饭，母亲带小杠杠去医院看病了。孩子最近有点咳嗽，每次大曼和小曼闹嗓子的时候，小杠杠都会跟着生病，要不就是他先生病，大曼和小曼后生病。总之，不管是小杠杠，还是大曼和小曼，只要他们姑侄三个人当中有一个人生病，另外两个人也会跟着生病，这让终日操劳的母亲很是发愁。

大曼躺在对面的床上虚弱地睡着了，她上午一个人哄小侄子玩用尽了所有的力气，已经很累很累了，现在她需要好好休息一下。

小曼一个人坐在小床上发呆，感觉时间过得好漫长啊！

不能出门，又没有书看，这种日子过得枯燥而乏味。她感觉自己的胸口好像压着一块大石头一样，叫人透不过气

来。心里又好像是有什么东西被掏走了，掏空了，空荡荡的叫人憋得发慌。

她的眼睛漫无目的地往四周看，目光落在屋子里的“家具”上。她无聊地一件东西一件东西地仔细地看着，欣赏着，想象着自己是第一次走进这间屋子，她努力用一种全新的感觉来重新“认识”屋子里的环境。

窗子下立着她和姐姐的两台折叠起来的轮椅，轮椅上套着一层塑料布，那是用来遮挡灰尘的。窗子旁边是门，靠门的北面墙边用碎砖头和木板搭起来一张“桌子”，“桌子”上放着一只粉色的暖瓶，暖瓶旁边放着一个浅绿色的小塑料筐，里面倒扣着两只喝水用的玻璃杯。“桌子”下面的地上铺着一张灰色的纸壳，上面放着电饭锅和碗筷。

紧挨着“桌子”的是姐姐的木板床（确切地说，那张床是母亲和姐姐、小侄子三个人睡的）。小曼的床和姐姐的床相对，两张床几乎就占去了整间屋子三分之二的地方。在她们两个人的床之间刚好放一张小饭桌，这是这间屋子里唯一一件看起来像点样的家具。不过，这张淡绿色的小饭桌不是用来吃饭的，而是为了放电脑用的。电脑是从老家带来的老式电脑，显示器的后背鼓起一个大包，和机箱几乎占据了整张桌子的空间。

小曼的目光最后掠过自己的床，看向墙角的洗脸池，洗脸池上边的墙上镶嵌着一个铝合金的毛巾架，架上搭着一块雪白的毛巾，下面的托架上放着全家的洗漱用具……

她仔细地打量着这熟悉的已经不能再熟悉的一切，如果是一个陌生人走进来，他的心里会是一种什么样的感受呢？他们也许会感觉这个家虽然简陋，但却收拾得很整洁吧？他们会觉得这个家很温暖吗？等他们坐的时间长一点了，他们也会和她一样感觉到寂寞和封闭吗？

想到这里，小曼心里好不容易培养出来的那点“新鲜”感，又无可奈何地退去了，一瞬间就没影儿了，消失了。

她的眼睛也看酸了，看累了。她趴在小桌子上，痛苦地闭上了眼睛……

那时她们真的好能干

小曼闭上眼睛想睡觉，睡着了时间会过得快一点吧？

可她却怎么也睡不着，她真的不困啊！她开始一下一下数着自己的呼吸，脑子里却胡思乱想地想起从前的很多事……那些往事像放电影一样一幕一幕地在她的眼前浮现。

她看见在一个窗户封着塑料布的小屋子里，有两个女孩儿靠着枕头坐在土炕上写书。因为只有一台电脑的缘故，她们姐妹俩只能轮换着用。其中一个人用电脑写作的时候，另

一个人坐在旁边眼巴巴地看着，一边耐心地等待，一边在心里构思稿子。等对方写完一篇书稿，把鼠标和键盘推给自己时，自己再把憋在心里已经打好腹稿的文章敲到电脑里去。

那就是小曼和姐姐在老家时的生活状态啊！

那时，她们也是这样坐在屋子里，不过，那时候她们忙活着写书，日子过得非常充实快乐。

每天早上起来，曼曼们在母亲的帮助下简单洗漱之后，顾不上梳妆打扮，就让母亲帮自己打开电脑开始一天的写作。中午吃饭的时候，母亲把饭端到炕沿边儿，她们一边吃饭一边用眼睛盯着电脑屏幕，发现哪儿写得不对了，或是想起哪句话需要补充了，就连忙放下筷子去敲键盘修改。

因为天气寒冷，加之休息不好，小曼和姐姐的体质急剧下降，胳膊和头都抬不动了，她们就低着头，眉毛向上挑起来，看着电脑屏幕，一个字一个字地用食指敲键盘，写一篇500字的文章，就需要用一天的时间。可是，她们的心里却感到很高兴，很满足。晚上躺在被窝里，虽然浑身累得骨节和肌肉酸疼酸疼的，但两个女孩的心里却是踏实的啊！

记得有一段时间内分泌失调，小曼和姐姐大曼的脸上的皮肤也坏了，看上去一块红一块白的，长满了“老茧”，用手一摸梆梆硬，简直没有人样了。但一想到已经完成了一多半的书稿时，心里又忍不住地高兴。她们常常彼此安慰着说：“等书写完了，我们再好好打扮打扮自己。反正家里也不来客人，没有人会看见我们这两只丑小鸭的！”

那时，曼曼们常常是早上起来睁开眼睛看见天亮了，等写完一天的书稿，再抬头一看时，窗外已经是漆黑一片，到晚上了。

整个冬天，她们谁都没有看见过太阳，不是太阳不出来，而是她们整天忙着写东西，根本注意不到窗外是晴天还是阴天！

就是在这样拼命写作的状态下，六个月就写出了一部十五万字的书稿——《生命从明天开始》。

这本书是曼曼姐妹走上文学写作的第一步，也是她们为梦想努力奋斗的开始。以后，她们又在恩师大诺哥的帮助和指导下写出了第二本书《如果我能站起来吻你》。

写第二本书时，小曼和姐姐大曼也是这样勤奋和努力，可写到后来，大曼的手已经敲不动键盘，不得不用鼠标点击电脑软盘写作；而小曼也不得不用双手托着下颏才能有力气嚼完一口饭，把它咽下去……

那时，她和姐姐可真能干啊！

也正因为有了这种刻苦和勤奋写作的拼劲儿，她们才能出版两本书，才能有勇气和信心来到首都北京。

可是，她们现在呢？

阳光照在窗台上

小曼睁开眼睛，看见太阳已经偏西了，阳光正好照在窗台上。窗户是关着的，阳光把窗框灰色的影子斜射在窗台上，那么温暖而静谧。这熟悉的情景让她的心里涌起一股莫名的感动。她仿佛觉得时间真的又回到了很多年以前，自己和姐姐坐在老家的小土炕上自学和写作时的情景。

她和姐姐的腿不能走路，整天坐在屋里，唯一能接触到外面世界的只有从窗外照射进来的阳光，那阳光给了她们姐妹无穷的温暖和快乐，也让她们对外面的世界充满了美好的想象。

而此刻，她们漂泊在北京，这束阳光依然伴随着她们，静静地照射在窗台上，像极了一位老朋友温暖的问候……小屋里因为有窗台上那束阳光的照耀而变得明亮起来了，空气中似乎也跳跃着温暖的光晕。

小曼感到这阳光似乎不只是照在窗台上，也照进了自己的心里，她心里的每一个角落都被阳光给照得明亮起来了。

虽然刚才她并没有睡着，但是，她现在却有一种刚睡醒

的感觉，好像整个身体，连同心灵都从一种冬眠的状态下复苏了过来。

小曼趴不下去了，她要起来做点什么。可这时她才发现自己趴得太久了，上半身像一块失去重心的大石头一样重重地压在小书桌上，很难坐起来了。这使小曼的心里感到一阵紧张和恐慌。她怕自己就这样一直趴下去起不来，母亲还不一定得什么时候能回来呢，她的半边身子已经开始麻木得动不了了！

小曼努力平静了一下自己的心情，不让自己因为难受和害怕而感到慌乱，同时试着用右手的胳膊肘支撑起肩膀，再抬起手腕用手指尖托起自己的下颏，左手顺势拄着里面的床沿，借助小桌子的支撑猛吸一口气，再猛吸一口气，随着吸气的动作，她鼓起的肚子和胸腔给脊柱和脖子传导出一股力量，她的头像小鸡啄食一样，一下一下地点着，终于支撑着她的上半身一点一点地离开小桌子，慢慢地坐了起来。

小曼倚着枕头大口大口地喘着粗气，鬓角的头发已经被汗水弄湿了，身上也已经累出了一身的虚汗。不过，她的心里却像打了一场大胜仗一样感到轻松和高兴。她向后挺了挺脊背，看着窗台上那束金色的阳光，轻轻地笑了。

小曼在心里开始暗暗地计算着，如果她和姐姐现在就开始写第三本书的话，一天能写一千五百字的文章，那么，一个月按三十天计算的话，她们就能写出四万五千字了，而如果中间因为生病不能写作，再扣掉耽误了的时间，她和姐姐

最慢用半年也能写出第三本新书了啊！

她们的恩师大诺哥早就建议她们把这些年接听心灵热线的故事写出来了，把那些如何关怀他人和自我关怀的心灵智慧写一本书，去和更多的人分享，这是一件多么快乐和幸福的事啊！

可是，她们却因为来北京、搬家、生病和着急找工作而把写书的事给耽误了。

现在想想真为浪费掉的时间而感到可惜。

想到这里，小曼的心里有一种紧迫感，恨不能马上打开电脑——写作！

第五章

妈妈，我不想死

接二连三地喊妈妈

抹完墙，冬天很快就到了。

母亲用报纸把窗缝里外都糊上了一层纸，又在屋里钉了一层塑料布，窗户外面底下再挡上一尺高的木板，中间灌满锯末子。虽然做好了一切御寒的准备，但屋里还是感觉四面透风，大曼和弟弟妹妹们每天被冻得直哆嗦。

大曼躺在炕上，身上盖着厚厚的棉被，但她还是感觉冷，母亲又在棉被上给她加上父亲生前穿的那件大棉袄，她这才勉强感觉暖和一点，迷迷糊糊地睡着了，可是不知道睡了多久，她又被热醒了，感觉身上滚烫滚烫的，像是被火烤着一样难受！她的鼻孔也在往外喷火，嗓子眼里干得要命！

大曼虚弱地半闭着眼睛喊："妈！"

"你想吃点什么啊？妈给你去做！"母亲在炕沿边温柔地俯下身，她伸出手抚摸女儿垂在额头前的头发，却禁不住失声大叫，"哎呀！这么烫！这不发烧了吗！"。

"妈！我渴！"

"你等着，妈给你倒水喝啊！"

说着，母亲急忙去兑了半杯温开水，然后扶大曼靠在自己的怀里勉强坐起来，一边喂大曼喝水，一边往她嘴里喂药吃。大曼不喝水口干，可喝了水却忽然想吐，无滋无味的白开水加上苦涩的药味让她感到一阵强烈的恶心——她“哇”地一声连水带药全都吐了出来……

母亲顾不上她弄脏的被褥，急忙用力拍打她的后背，想让她把胃里的积食都吐干净。

等大曼吐完又喘息了一会儿，母亲继续哄她吃药，而大曼知道自己不吃药就不会好，只好忍住恶心，咬着牙把剩下的半片解热止疼片给吞了下去。

吃过药以后，大曼真的退烧了，母亲悬着的心才终于放下来。

然而，睡到半夜的时候，大曼刚降下去的体温又热了起来。忙碌了一天，刚躺下睡着的母亲急忙摸索着穿上棉衣棉裤，打着手电去小卖店给她买白酒擦身降温。天这么黑，小卖店都关门了，她不放心妈妈一个人出去。大曼一声接一声地喊母亲，但母亲还是壮着胆子出门了。

屋里好静啊，寂静的屋子里只有弟弟妹妹们此起彼伏的鼾声。母亲不在家里，这种沉寂让大曼感到恐惧和恐慌。她一会睁开眼睛看母亲是否回来了，一会儿又迷迷糊糊地昏睡过去。不知过了多长时间，她听见屋门响，母亲终于回来了。

母亲的头上顶着一层白霜，怀里气喘吁吁地抱着半瓶白酒。她顾不上暖和一下，就着急忙慌地去厨房拿来一只小瓷碗，往碗里倒了半碗白酒，然后“嚓”的一声擦亮一根火柴，把燃烧的火柴棍儿扔进小碗里，小碗里的白酒立即扑闪着跳跃起蓝色的火苗。大概是害怕自己手凉会冰到女儿，母亲快速地搓了搓双手，然后一只手拉着大曼的手，另一只手伸进正在燃烧的火苗中，沾一点白酒，用力甩掉手指上燃烧的火花，趁热给大曼搓手心和脚心，前胸后背，还有额头……

浓烈刺鼻的酒精味让大曼闻着感到好恶心，但她强忍着不让自己再吐出来，她想快点退烧，她退烧了好能让疲惫的母亲躺下睡一会儿啊！

可是，她的身上却越搓越烫，心脏也跳得越来越快了。白酒搓身的方法没有帮助大曼退烧，她反而烧得更厉害了。

还有人家亮着灯呢

“妈！妈！”

大曼不停地叫着母亲，却难受得不知道要做什么才好。她的鼻翼忽闪着，无论她怎么用力呼吸，都感觉气不够用。胸腔里像是憋着好多痰，它们像洪水一样堵住了她的胸腔和

咽喉，她想吐，却吐不出来，想咽下去，但一会儿工夫那些痰液就像打雷一样“轰隆隆”地又涌上来了，吐不出来也咽不下去，好难受啊！

母亲焦急地看着大曼，问：“你想干什么呀？告诉妈啊！”

大曼难受地摇摇头，闭着眼睛，继续虚弱地“哼哼”。

母亲一会儿在炕沿边坐下，一会儿又站起来，不知道该怎么办好？而大曼因为一直难受得想呕吐，只能不停地捶打着炕面和身上的被褥。

母亲始终守着炕沿边不敢离开。她充满忧愁地看一眼窗外漆黑的夜色，再看看难受得直“哼哼”的大女儿，还有炕上正酣睡着的小女儿和小儿子，像经过了一番激烈的思想斗争，终于下定了决心。母亲忽然站起身，对翻了一个身，迷迷糊糊睁开眼睛的小曼说：“你大姐发烧不退，她又不吃东西，总吐也不好，妈得送你大姐去医院！”说着，母亲又摸摸大曼的额头，她再一次穿上了大棉袄，裹上围巾出门了。

不一会儿，大曼隐约听见母亲敲开邻居家大门，向邻居借手推车的声音。

母亲用一床棉被子把借来的手推车铺得厚厚实实的，然后回屋给大曼穿上棉衣棉裤，戴上棉帽，小心翼翼地抱大曼躺在手推车上面，又在大曼的身上盖了一床厚厚的棉被。母亲把大曼全身上下捂得严严实实的，只在脸上留下一条小缝儿，让她好往外看。

母亲最后安顿好小曼和弟弟，一边锁门，一边安慰大曼说："妈带你去医院，别怕，看看就好啦！"

寒冷的冬夜里，零下三十多度的气温冻得人浑身直打哆嗦，感觉身上的关节也仿佛僵硬了一样不听使唤。大曼蜷缩在大被子里，在冷风中不时强睁一下眼睛，抬起眼皮看母亲弓着腰吃力地推着手推车，晃晃悠悠地在往前走。

母亲推着笨重的手推车，在没膝深的积雪里艰难地跋涉着，大曼身下颠簸的车轮和母亲艰难的脚步很有节奏的在雪地里发出"咯吱""咯吱"的声音。

好不容易走出漆黑的小胡同，在上一个大坡的时候，母亲的脚下突然一滑，"啊"的一声，手推车一歪，大曼连人带被子险些从手推车上掉下去，幸亏跪在雪地上的母亲及时用身体稳稳地托住了手推车，这才没有掉在雪地上。

母亲挣扎着从雪地站稳身体，她捡起掉在雪地里的手电筒，重新给女儿掖好被褥，继续向前走。母亲弓起腰，憋足一股劲儿，用整个身体顶住手推车的车把，用力往前一推，终于成功把手推车推上了宽阔的大路。

空旷的大路上空无一人，只有母亲推着手推车上病重的女儿，孤孤零零地走着。大曼借着朦胧的月光，看见母亲额前的刘海和睫毛上，都是一层白霜。她小声地问："妈，你摔坏了吗？"

"没有，妈没事！就是脚底下滑了一跤。"

"那你冷么？"

“妈不冷，妈推你活动，一会身上就热乎啦！”说着，母亲又安慰她说：“别怕，你看路边有的人家还亮着灯呢！咱们一会儿就到医院了啊。”

是的，路边远处还有人家亮着灯呢，他们一定是全家人躺在温暖的被窝里，正热热闹闹地看着电视，或是说着话。只有母亲推着生病的大曼在漆黑而寒冷的冬夜里孤零零地走着，跋涉着。就像这漫长而坎坷的人生道路一样，走不到尽头，也看不到希望……

大曼不知道还有多长时间能到医院，但母亲的话鼓励和安慰了病中的女儿，她觉得只要有母亲在身边她就是安全的，有母亲在，她的病……就能好！

她想回家

大曼不知道母亲推着她走了多远的路，也不知道过了多长时间，终于，她迷迷糊糊地听见母亲激动地说：“到了，我们到医院了，妈抱你进去啊！”

母亲已经累得满头是汗，气喘吁吁的了。她把手推车停在靠近医院门口的位置，顾不上直起腰歇一下，立即弯腰吃力地从手推车上把大曼连人带被子一起抱起来。大曼感觉自己裹着棉被似乎比母亲的身体还要重，还要长，可母亲却抱着她用膝盖顶开医院紧闭的房门，又用肩膀掀开笨重的棉门帘，一路小跑着走过昏暗而幽深的长长的走廊，终于连拖带抱地把她弄进了医院的急诊室里。

母亲把大曼放在急诊室的病床上，大曼面向墙壁躺着，凉哇哇的木床面贴着她的面颊，她任凭医生用同样冰冷的听诊器在前胸后背四处游走。她已经不知道冷，也不知道热了。她胸口好憋闷啊！心脏失去控制一样"突突"直跳，好像狂跳着要蹦出来一样，一直跳，一直跳，直到把她累死……

她微微张着口，闭着眼睛，鼻翼一下一下地忽闪着，无论她怎样快速地吸气和吐气，她吸进肺叶里的空气都不够用。就像有人把她的鼻子和嘴巴给堵住了。她好渴望医生叔叔和护士阿姨能快一点帮帮她，把她从难受的绝望中解救出来。

可是，她却清晰地听见医生用非常沉重的声音告诉母亲说："这孩子是肺部感染引起的心力衰竭，血压已经没有了，晚了，没法治了……你带她回去吧！"

接着，她听到的就是母亲泣不成声的呜咽声……

"我，我就要死了吗？我就要这样离开我亲爱的妈妈和弟弟们了吗？永远的……"

大曼还无法理解死亡真正的含义。但她能想象得到，

死，是非常孤独和可怕的！就是她和母亲和弟弟、妹妹们永远分开，就像父亲那样被地埋进冰冷的泥土里，再也不能和亲人在一起了……

“不！不要！我要活着！我要和亲人们在一起啊！”

此时此刻，大曼忽然好想念家里的弟弟和妹妹们啊！他们还什么也不知道呢，正躺在温暖的被窝里睡觉呢。如果她也正躺在温暖的被窝里该有多好啊！那样的话，第二天早上醒来，她的病是不是就全好了呢？

大曼难过而委屈地想着，她突然对医院感到非常恐惧和害怕！她不想待在这儿了，她想回家，只有回到家里她才不会死！她才是安全的！

可是，母亲哭得那么伤心，那么绝望，她揪心的呜咽声让大曼忍住了马上就要流出来的眼泪。大曼面对雪白的墙壁，用牙齿咬住下唇，拼命地把“我想回家”这句话给咽了回去。

“噢！妈妈，我亲爱的好妈妈！她也一定被吓坏了吧！爸爸死了，妈妈已经够痛苦的了，现在，她的女儿也要……死了！妈妈的心里该有多痛苦和绝望啊！她怎么能接受这个残酷的现实呢？”

大曼为了不让母亲更加难过，只好装作什么都不知道的样子，紧紧地闭着眼睛，努力抑制住发紧的喉咙，不让眼泪掉下来。她不哭，母亲就不会继续哭了，是么？

终于，大曼听见医生叔叔动了恻隐之心，他一边急匆匆喊来值班护士，一边安慰母亲说：“家属做好心理准备，去办住院手续，我们尽力吧！”

大曼又一次被母亲颤巍巍地抱进了病房里。然后，她就睡着了，什么也不知道了……

紧紧拽着母亲的衣襟

大曼整整昏睡了一个星期，什么东西也吃不下去，不停地呕吐。母亲要用棉花蘸着水给她润嘴唇，一遍一遍地喊她的名字，可是，她却毫无意识。中间她曾经醒来过两次，她看见床边围着好多人，他们都是来看望她的亲戚。她无力地朝着四周环顾着，却没有弟弟和妹妹……

她恍惚听到他们在商量什么，好像在让母亲给她准备衣服……

她想反抗，她想大声地告诉他们：“我还活着！”可是，她却连一句话也说不出来，她浑身软绵绵的一点力气也没有，意识也飘忽不定。她只能用手紧紧地拽着母亲的衣襟不放，用这个动作告诉亲爱的母亲：“我还活着！我要活着！我不想死！我……想回家！”

大曼知道，只要有母亲在，他们就不会停止给自己用药，那些人也不敢把她推进那个可怕的黄房子——太平间了。

大曼听到医生和护士急促的脚步声从远而近，走到她的床前。她在昏迷中紧紧拽着母亲衣襟的这个动作，让悲痛中的母亲更心酸和不忍心了。虽然亲戚劝她，医生和护士也劝她放弃治疗，但母亲始终默默地摇头，用她的沉默拒绝别人的“好心”。

母亲一个人日夜守护在女儿床边，给女儿擦身，喊她的名字，一遍一遍……然而，大曼始终闭着眼睛昏迷不醒。她已经吐得胃里没有任何东西可吐了，干裂的嘴唇和苍白的脸色，看上去毫无一线生机……

医生无可奈何地对母亲说：“现在医院能给孩子用上的药都已经用了，但还是不见效，我们已经尽力了，家属准备后事吧！”

母亲痛哭着央求医生：“大夫，您再想想办法，再想想办法吧！别看她昏迷不醒，可她心里什么都懂，您看，她闭着眼睛还拽着我的衣服不放手，我这个当妈的怎么能忍心不给她治呢！孩子她是我身上掉下来的肉啊！”

医生沉默了，他的手在大衣袋里抖动着，犹豫着说：“现在只有庆大霉素这种药还没有给她用，也许能试一试，不过医院药房里没有这种药，得到外面去找。”

母亲用手摩挲着大曼额前的刘海儿，小声地跟昏睡当中的女儿商量："妈给你找药去，一会儿就回来啊！"

大曼依然闭着眼睛，手，却松开了。

母亲包上头巾，顾不上找手套，就顶着鹅毛大雪去找药了。药店里没有这种药，镇上的医院不熟，也不会给开这种药，母亲只好跑到父亲单位的诊所，求助诊所的医生给开一盒庆大霉素。诊所的大夫听母亲说明大曼的病情，他立即起身去药柜里找药，翻箱倒柜地在一个破旧的药柜的最底层，找出了最后10支庆大霉素注射液，他不要钱，让母亲快点拿到医院给女儿试一试。

母亲千恩万谢地接过药，捧着那几支小药瓶，母亲觉得那不是药，而是她女儿的生命啊！她小心翼翼地、迫不及待地又赶回医院。

在北方零下30多度的气温里，母亲头上和肩膀上都披着厚厚的一层雪花，气喘吁吁地，深一脚浅一脚地走在雪地里。因为当时出门太着急，母亲没有顾上找一副手套戴，她的双手已经被冻得红肿而麻木了，而她始终紧紧地握着那盒救命的药，生怕掉在地上会摔碎了，会不小心断送了女儿的生命……

医生给大曼用了4支庆大霉素的药之后，她，终于睁开了眼睛。

大曼苏醒以后，第一眼看见的人，就是守护在床边的……母亲……

"妈！"她叫了一声，"我好渴……"

想吃饭了

母亲拿起暖瓶晃了晃，愧疚地对大曼说："你等会儿，妈去水房给你打开水喝啊！"

母亲顾不上穿大棉袄，小跑着去水房打回来一暖壶开水。她手忙脚乱地给大曼倒水喝。母亲拿着小羹匙的手由于激动而微微抖动着，她盛起一勺水，先放在自己的唇边轻轻吹了吹，然后才小心翼翼地喂进大曼的嘴里。

大曼抿了一口水，平时喝着无滋无味的白开水，此刻喝起来却格外的香甜，这甜滋滋的水似乎冲淡了病房里的来苏水味儿，给她沉睡的身体也注入了一丝活力，让她的精神也为之一振。

虽然喝了几口水以后，就已经不渴了，但她还是张口继续喝着母亲喂过来的水，因为她发现自己每喝一勺水，母亲疲惫的脸上就会多一些高兴的神情。她好感激母亲日夜守护在自己的病床前，母亲没有像别人劝的那样……不要她……

护士阿姨一边给大曼换药，一边感叹说："孩子呀，多亏你妈救了你一条命啊！"

大曼看一眼母亲塌陷的面颊和灰暗的眼圈，说感激的话不好意思说出口，她只好用多喝一点水的方式安慰母亲，让母亲看到自己会快点好起来的希望。躺在病床上身体还十分的虚弱她，能对母亲做的也……只有这些！

“三十七度，已经退烧啦！”护士阿姨兴奋地甩了甩手中的体温计走了。

母亲长出一口气，大曼退烧了。

而退烧后的大曼胃里空得很，她也感觉到饿了。她小声地对母亲说：“妈，我想吃饭！”

“好哇！你想吃饭病就好得快了啊！”母亲的眼睛里闪烁着光彩，可紧接着，那光彩就暗淡了下去。她站起身，手下意识地摸着自己瘪瘪的裤兜，再扫视着病床旁边空空的小柜子，充满歉意的，小声地对女儿说：“你忍一下，等这瓶药点完了，妈去你姥家给你做饭吃，行吗？”

大曼知道医院门口的小卖部里就有卖面包的，两毛五分钱一个，烤的干巴巴的没有一点油，不过饥饿的时候想起来，觉得那面包还是很香甜的。可是，大曼知道母亲为给自己治病一定借了好多钱，欠了好多债，母亲买不起面包给她吃啊！

大曼懂事地点点头，长喘一口气，忍耐着肚子“咕咕”叫的难受劲儿，乖乖地闭上了眼睛。她心里盼着药瓶里的药能流得快一点，快一点输完液，母亲就能去外祖母家给她做饭吃了。

忽然，大曼闻到一股饭菜的香味，同时听见有脚步声走过来。她以为是有人给她和母亲送饭来了，急忙睁开眼睛——却看见临床的病人家属正端着饭盒从自己的床前经过。

原来是他们从食堂买饭回来了啊！大曼失望地想闭上眼睛继续“睡觉”，可饭菜的香味直往她的鼻子里钻，让她怎么也无法继续入睡。她已经长大，知道害羞了，她不好意思瞪着眼睛去看人家吃饭，只好假装看别处，用眼角的余光看着对方端着饭盒，很有食欲地“呼噜”“呼噜”地往嘴里扒拉着饭菜，她悄悄地艰难地吞了一下口水。

母亲看出大曼馋了，假装给女儿翻身，悄悄趴在大曼的耳边说：“等病好了，妈回家给你做啊！”

大曼又听话地重新闭上眼睛，强迫自己睡觉，可是，她真的无法安睡了。她悄悄地用力往肚子里吸气，令人作呕的来苏水味已经闻不见了，她觉得满屋子弥漫的都是饭菜的香味，那香味可真诱人啊！

大曼在心里仔细地分辨着他们饭盒里吃的是什么饭和什么菜。

嗯……这是米饭的香味！还有……炒干豆腐的香味！还有、还有……肉香！

突然停电

好不容易点完一瓶药，已经是深夜了，母亲跑着去找护士取药，不到两分钟，护士阿姨又提着满满一瓶新药和母亲一起走过来，大曼几乎是带着绝望的情绪，眼巴巴地看着护士阿姨手里的那瓶药，用商量的语气极不情愿地说："还要点啊？"

"不只是还要点，是这瓶点完还有一瓶呢！你要是能进食，我就给你减一瓶药。"

其实，大曼的肚子早就饿得"咕咕"叫了，虽然母亲没说什么，可她知道母亲一定也饿了，她的鼻尖已经冒出了细密的汗珠，在弯腰给她翻身的时候，明显有些力不从心……

等护士阿姨给换完药走了以后，母亲俯身小声地对大曼说："妈去姥姥家给你取饭，你自己在这等着，行吗？"

"行！"她说，"妈，你要快点回来哦！"

"妈取了饭就回来。"母亲说，"妈走得快一点，最多一个小时。你别怕，这屋里还有人呢！"

说着，母亲给大曼掖好被角，把输液速度调到最慢，然

后，又不放心地在大曼手腕底下的热水袋上垫上一块毛巾。可走了没几步，母亲又返了回来，重新给她枕了一下枕头，再看看输液管里的药，这才急匆匆地走出了病房。

母亲走了以后，病房里变得异常安静。病房里的其他患者，有的嫌医院太冷，打完针就回家去了，留下的几个患者在吃过晚饭，闲聊了几句之后，也耐不住无聊的困倦，都和衣躺下睡着了。

此刻，偌大的病房里就剩下大曼一个人醒着。看着空旷的四壁和几个熟睡的病人，大曼感到十分孤独和害怕。她一会儿挑起眼皮儿看一眼窗外漆黑的夜色，一会儿目光再越过病床看向远处几个和衣而卧的患者家属，他们一动不动，睡得很沉，很香！

只有大曼像一只受到惊吓的小兔子一样，忐忑不安地这儿看看，那儿望望，竖着耳朵听走廊里好半天才会有一次的脚步声。

病房的门一直虚掩着，静悄悄的。大曼侧耳倾听，没有听见母亲的脚步声。她不知道自己是因为饿的，还是等母亲等得太着急了，心里害怕，她的手心都是汗水，心脏也突突地跳得好难受。

时间过得好漫长啊，应该有一个小时了吧？母亲怎么还没回来呢？她是敲不开外祖母家的门？或是光顾着跟外祖父和外祖母说话，把她给忘了？还是，还是母亲——不要她了呢？

她被自己突然冒出来的这个可怕的想法给吓了一大跳！心里也更加担心和害怕起来了。不，不会的！母亲不会不要她的！母亲给她治病，日夜守护着她，在她昏迷的时候母亲都没舍得扔下她不管，现在她醒了，有希望好起来了，母亲怎么会又不要她了呢？

大曼的耳边又响起白天护士阿姨说的那句话："孩子呀，多亏你妈救了你一条命啊！"

是的，母亲救了她的命，母亲希望她能活下来，现在她醒了，母亲不会不要她的。

她长喘一口气，用小虎牙咬住唇角，努力克制住自己忧伤害怕的情绪，好让自己不哭出来。她怕自己一旦哭出来，事情也许就真的会发生了……

她用深呼吸的方式忍耐着饥饿的感觉，身子底下却开始咯得疼了……

她耐着性子等啊，盼啊，感觉时间像静止了一样，这黑夜好长好长啊！

不知过了多长时间，大曼隐约听见医院走廊里似乎又传来了脚步声。突然，眼前一黑——停电了！

我在这儿

——停电了！

大曼躺在黑暗中，惊恐地睁大眼睛，竖起耳朵听走廊里的动静。她知道，走廊里的灯也一定灭了，整个医院都是漆黑一片。母亲要是现在回来了的话，她看不见路，找不到这间病房的门，可怎么办啊？

就在大曼感到非常紧张和害怕的时候，她好像听见走廊里有人在喊她的名字。“大曼……大曼！”

啊！是母亲回来啦！大曼惊喜地壮大胆子，急忙在黑暗中大声地喊：“妈！妈！我在这儿呢！”

“大曼！”“妈！”

“大曼……”

“妈……”

母亲喊一声，大曼答应一声。母亲喊大曼，是为了辨别方向，找到大曼住的病房位置；大曼喊母亲，是为了给母亲引路，告诉母亲她在这儿呢！

母女俩就这样默契地用呼喊的方式寻找着对方。慢慢地，大曼听见母亲的脚步声越来越近了，母亲答应的声音也越来越大，越来越清晰了。

终于，母亲推开病房的门走了进来，她借助窗外微弱的月光，摸索着走到大曼的病床前，把手里提的饭盒放到床头柜上，然后，一屁股坐到病床上，大口大口地喘着粗气。

大曼感受到了从母亲身上扑面而来的凉气，外面一定很冷，母亲为了去外祖母家给她取饭，一定被冻坏了吧！

一种终于见到了母亲的激动让大曼高兴得又忍不住鼻子发酸，但她忍住没好意思哭出来。她不想让母亲知道自己害怕过，担心过，还怀疑过母亲……不要她了！内疚和不好意思，让大曼的声音有点发颤，她尽量用平静的语气问：

“妈！外面冷吗?”

“不冷，妈都走出汗了!”

母亲站起来帮大曼翻了一下身，然后摸索着打开饭盒，喂大曼吃饭。她一边摸索着往茶缸里倒开水洗小羹匙，一边怕吵到旁边的病人，小声地对大曼说：“你姥姥他们都睡了，我敲了半天门，才把他们喊醒。姥姥听说你想吃东西了，高兴得要重新给你做饭，妈没让，把他们碗橱里吃剩下的饭热了热拿来了。还热乎着呢，你尝尝。”

听了母亲的话，大曼的心里热乎乎的。不禁想象着昏黄的灯光下，外祖母垫着一双裹脚在厨房给她热饭的情景，她多希望此刻自己是躺在外祖母家的土炕上，而不是医院里啊！

就在母亲打开饭盒的一瞬间，刷的一下，灯亮了。明晃晃的灯光照在病房里，显得格外明亮和温暖。

这时，旁边病床上的患者翻了一个身，呻吟了两声，又继续睡着了。大曼和母亲相互看了对方一眼，笑了。她们都不禁暗自庆幸，刚才的呼喊声没有吵醒他们啊！

大曼躺着看不见饭盒里装的是什么饭菜，不过，她用力吸了吸鼻子，好香啊！真有点迫不及待了。不过，当母亲用小羹匙盛了一口饭菜递到大曼的嘴边时，她却忍住了。她把头扭向一边，说："妈，你先吃吧，我还想睡会儿哦！"

"妈不饿，妈就是口渴，我等会儿喝了水再吃啊。"

大曼扭不过母亲一直举着那勺小羹匙饭菜的诱惑，只好张开嘴。"嗯！是米饭泡豆芽汤，好香哦！"她已经有一个星期没吃东西了，此刻忽然吃到汤泡饭，让她觉得活着最幸福的事就是能吃上饭——和母亲在一起！

母亲一口接一口地喂大曼吃饭，大曼贪婪地咀嚼着，吮吸着，吞咽着，肠胃从食物那里获得的满足感让她整个身体为之兴奋。她很想把一饭盒的饭都吃得精光——但是，她忍住了，她要给母亲留一半的饭。不！母亲是大人，大人的饭量大，她不能再吃了，她要给母亲留一多半的饭，这样母亲才能吃饱！

大曼放慢了咀嚼的速度，同时用眼睛盯着母亲用小勺在饭盒里盛饭的动作，耳朵也紧张地听着饭勺刮饭盒边的声音，那微弱而又清脆的响声，此刻在她听来却是震耳欲聋

的。她好担心自己一不小心把饭盒里的饭吃见底儿了，那样母亲就没有吃的了啊！

“慢点吃，这还有呢！”

母亲又盛了一勺饭喂到大曼的嘴边，大曼却微微侧了一下头，躲开母亲的羹匙说：

“妈，我饱了！”

“你再吃点吧，没听医生说吗，你不能只靠药，吃饭才能好。”

“不！妈，我真的饱啦！”“你喝点水吧？”“我不渴。”

母亲只好帮大曼移好枕头，又掖好被角，看了看慢慢流淌着的半瓶药，这才端起饭盒自己吃起来。

大曼假装困了，眯着眼睛“睡觉”。当她看见母亲大口大口地把剩下的大半饭盒米饭都吃光了，为自己能剩下大半盒饭心疼一下母亲，而感到有些安慰和自豪！

母女挤在一张病床上

等大曼输完液，母亲给大曼拔掉针头，又洗干净饭盒，看看手表已经是早晨四点多，天很快就要亮了。一夜没有合眼的母亲神情疲惫，懂事的大曼知道母亲一定又困又累，她劝母亲趁护士还没有来查房呢，争取时间挤在自己的病床边睡一会儿吧。

母亲没有脱鞋，将就着侧身躺在大曼的床沿边，和衣而卧。大曼盖着厚厚的被子依偎着母亲，感受着母亲温暖的体温，有母亲躺在在身边，她心里感到踏实了好多。

小小的大曼依恋自己的母亲，她并不知道，其实母亲也是在依靠自己对女儿的爱，在支撑着自己度过眼前艰难的处境啊！

她们母女就是这样在相依为命地活着！活着！

同病房的患者都有好几个家属陪护，每天来来往往好多人。年龄小的孩子也是爸爸妈妈轮换着陪护，还有亲友探望。每到吃饭的时间，一家人亲热地在一起，不像是住院治病的，倒像是暂时住亲戚家一样的自然和舒服，一点也看不出发愁的样子。

只有大曼这张病床边冷冷清清的，终日只有母亲一个人陪护她。有时母亲去药房交款或是出去办事，角落里就剩下了她一个人孤零零地躺着。而每到吃饭的时间，大曼和母亲也常常是拼命地喝白开水充饥。

有一天早晨，天还黑着呢，在一次事故中失去了左臂的外祖父，他居然用右手提着一暖瓶豆浆和半斤油条给大曼和母亲送来了！当母亲看见自己的父亲摇摇晃晃地提着热乎乎的油条走进病房时，激动得眼睛里直闪泪花，而外祖父看见母亲和大曼蜷缩在一张病床上狼狈的样子，眼睛也发红了……

同病房的人偶尔会不经意地向母女这边投来同情的一瞥。每当这个时候，母亲就乐呵呵地说："孩子的病见好了，一切就都好了啊！"

幼小的大曼永远无法体会母亲当时内心的痛苦和煎熬，还有压力。

对于一个只有28岁的年轻女人来说，失去仅和自己共同生活了6年的丈夫，已经够不幸的了，又有两个身患肌无力的重残女儿，母亲的人生是多么的绝望啊！

在为女儿们不断寻医问药的困苦中，她的人生布满了忧愁和眼泪。然而，在一个又一个的绝望背后，孕育的却是母爱永不放弃的信心和恒心——她更加坚定地照料如小婴儿一样的女儿们，用自己柔弱的双肩支撑起这个没有男人的家！

对于母亲来说，活下去，只有活下去才会有希望！也正是这份无私母爱传递出的信心，支撑着大曼和小曼在以后经历的无数次病危中，创造了一次又一次生命的奇迹！

第六章

不向命运低头

多想吃口饭

第二天早晨，母亲还要带小杠杠去医院输液。她从电饭锅里端出昨晚的半小碗剩米饭，往碗里倒了一点开水，然后用小羹匙搅拌了两下，放到小曼面前的小桌子上，让小曼喂小侄子吃饭。

小曼用小羹匙盛起一小口稀饭吹了吹，又不放心地用嘴唇试试米汤不烫了，才喂给小侄子。小杠杠好乖，他知道小姑姑抬不动胳膊，每次喂饭时，他都主动向前探着小脑袋，张开小嘴喝小勺里的稀饭，一边吃还一边瞪大眼睛看着姑姑的脸色，好像很怕他的动作配合得不好，稀饭会洒出来，惹姑姑生气。一双天真无邪的大眼里充满了对大人的依恋之情。

因为生病和营养不良，孩子的脸色苍白，小嘴唇也泛着白色，看上去很让人心疼。可是，母亲实在是没有时间做早饭了，而且，家里除了米袋子里还有一点大米以外，也真的没有什么好吃的可以给孩子补充营养的，就连一个鸡蛋也没有。

在小曼喂小杠杠喝稀饭的时候，母亲收拾完了屋子，把洗完的衣服晾晒到院子里去。然后，她回来拿好去医院要带的东西，就急急忙忙地带小杠杠去门头沟医院输液去了。

母亲临走时，大曼和小曼强烈要求母亲把屋门敞开着，这样她们坐在床上能看见屋外的街道，心里不会太憋屈，万一有点什么事需要喊人帮忙，外面过路的人也好能听见。

大曼和小曼面对面地坐在自己的床上开始写作，偶尔会抬头往屋外看一眼。屋门口有一棵大树，几乎挡住了一半的视线，她们只能通过大树和门框之间不宽的缝隙看街上的景物。街道上很安静，小村里的人都上班去了，北京大妈也在门口坐累回屋去了。

时间一分一秒地过去，刚开始曼曼们还能安心写书稿，可一上午过去了，母亲还没有带孩子回来，她们心里开始有些惶恐不安起来。惦记孩子的病会不会严重？母亲兜里的钱不多了，如果这一针再不好的话，那可怎么办呢？

小曼的肚子里“咕咕”地叫着，感觉身上的力气在一点一点地消失，她已经分辨不清是因为天气太热，还是饿的缘故，浑身直冒虚汗。胃也拧成了一个大疙瘩，一抽一抽地疼。

这样一动不动地在床上坐了一上午，小曼的脊背和腰、腿都酸疼酸疼的，很想换一下姿势，姐姐靠着枕头也快倒下去了，她也想重新坐一下吧？可是她们自己动不了，只能轻轻地摇晃身子，以此好减轻点下半身的压力。

小曼抬头焦急地看着墙上挂的钟，已经十二点半了，母亲他们是早晨七点多出去的，应该快回来了啊！

“妈妈怎么还不回来啊？”小曼有点忍耐不住了。

“可能是孩子又加点滴了吧。”大曼也写不下去了，她忽闪着大眼睛焦急地向屋外张望着。

“我饿了，你饿吗？”

“我早就饿了。”大曼说，“咱妈早晨什么也没吃，她一定也饿了吧！孩子也得饿了，那点泡饭他根本吃不饱的。”

小曼叹了口气。如果她和姐姐其中有一个人能走路的话，现在也能下地去给母亲和小侄子做口饭吃，不会让母亲带孩子回来继续挨饿的。可是，她们谁也动不了，只能干等着啊！

这时，远处传来一阵脚步声，曼曼们以为是妈妈带孩子打针回来了，都高兴地盯着屋门口看，盼着母亲牵着小侄子的手快点出现在门口。可是，脚步声近了，不是母亲他们回来了，而是房东嫂子下班从门前经过。大曼和小曼尴尬地对她笑了笑，刚才还有力气伸长脖子向外面张望，此刻却因为失望而失去了力气，脑袋一下耷拉了下来……

别扔了，我不吃了

小曼忽然想起床头的小皮包里还有几块水果糖，那是她给孩子留的，小杠杠嗓子疼，一直咳嗽，也就一直没敢给他吃。现在忽然想起这几块糖，小曼好激动，急忙问姐姐：

“我包里还有几块糖呢，你吃糖吗?”

大曼犹豫着，她很爱孩子，还有点舍不得吃，但又实在是饿得太难受了，她想了想，像是下定了决心一样郑重地点了一下头说:“那就给我一块吧!”

小曼拉开包，从包里面的小夹层里把糖都掏出来放在腿边，一共有五块糖。她顾不上自己先吃一块，她想先给姐姐吃。但她不确定自己能不能把糖扔到对面姐姐的床上，得扔几次？所以她已经做好了最坏的准备，即使剩下最后一块糖果，也要扔给姐姐吃!

大曼并不知道妹妹的想法，她饿得额头和鼻尖都冒着虚汗，坐在对面的床上，眼巴巴地盼着小曼把糖快点扔过去。

小曼拿起一块糖，深吸一口气，借助肚子里的气息支撑自己的身体和手臂，用力把糖向姐姐的床扔去，她们的两张床之间只有一米宽的距离，对于有力气的人来说，这个距离根本不算什么，抬手就能把东西扔过去。可小曼的力气实在是太小了，手腕只能举到肩膀那么高，糖果眼瞅着挨着了姐姐的手指尖了，姐姐一下没抓住，又擦着她的手指尖滑落在了地上。

大曼和小曼不约而同地“哎呀”一声，好心疼掉在地上的、吃不到的糖果啊！

小曼只好又扔第二块糖。

这一次，她咬着嘴唇，憋足气，努力把手抬得高一点，再高一点，然后用力一扔——糖果连姐姐的床边都没有碰到，就“啪”的一声，径直掉在地上。

小曼气急败坏，越扔不过去，她心里越是着急。姐姐难受的神情也让她更加义无反顾了，她就不信自己连扔一块糖的力气都没有了？她接着又举起手扔第三块、第四块……可是每次她举起手的时候，都感觉自己好像是在往地上扔东西一样，糖果接二连三地都掉在了地上。

就剩下最后一块糖了，大曼不忍心让妹妹扔了，她劝小曼说：“别扔了，我不吃了。你快自己吃了吧，要不再掉地上，我们谁也吃不到了！”

“我不想吃糖。”小曼说。

姐姐不吃，小曼怎么能忍心吃呢！她宁愿自己挨饿，也要把这块糖给姐姐吃，只有姐姐不难受了，她心里才会好受啊！

小曼闭了一下眼睛，做了一个深呼吸的动作，然后再睁开眼睛，努力把攥着糖果的右手举高一点，可还没扔呢，她的手腕就酸软得失去了力气。她只好又换了一个姿势，左手扶着面前的小桌子，向前弯着腰，想通过从下向上抛的方式把糖扔到姐姐的床上。可是，她试了试没敢扔，她发现自己根本就使不上劲儿。于是，她又坐直身子，还是选择从上向前抛的方式用力把糖扔了出去——

这一次，在糖果扔出手的那一瞬间，小曼感觉扔出去的不是糖，而是姐姐的希望，是她们的命！

她几乎都不敢睁开眼睛看了，她心里已经没有丝毫把握了，她完全是凭借着对姐姐的爱和不甘心硬着头皮把糖扔去——“碰运气”的！或者说，她是凭着“姐姐不吃，我也不要吃”的同甘共苦共患难的“牺牲精神”，才鼓足勇气把糖给扔出去的。

就听“啪”的一声，第五块糖果，也就是最后一块糖果，连抛都没有抛起来，它就擦着小曼自己的床沿边直接掉在了地上……

望糖兴叹的尴尬

大曼和小曼看着地上的糖果，鲜艳的糖纸包裹着鼓鼓的水果糖，看着是那么地甜，那么地诱人！可是，她们谁也够不到，只能眼睁睁地看着、看着……

姐妹俩又抬起头相互看一眼对方，都忍不住都“咯咯”地大笑起来。笑自己傻，笑自己笨，笑好吃的糖就近在眼前，可她们却够不到。如果母亲不回来的话，即使有吃的摆在面前，她们也吃不到嘴里，只能眼睁睁地被饿死啊！当然，她们知道母亲是不会不回来的，而她们一天不吃东西也不会被饿死的。

不过，刚才小曼给姐姐扔糖时的情景真的好可惜、好滑稽，也好可笑啊！有一块糖都已经碰到大曼的手指尖了，却还是没抓住。而最后一块糖小曼分明是扔出去的，却擦着自己的床沿边掉在了地上，这么“愚蠢”的事也只有头脑清醒肢体残障的女孩儿能干得出来啊！

这种眼睁睁地看着糖却吃不到嘴里的滋味，确实让人心里……不太好受！并且它提醒了姐妹们——她们的病情已经

恶化到了没有力气抬起胳膊的地步……

那么，她们的手会不会也有一天没有力气够到自己的嘴，不能完成吃饭的这个简单的动作了呢？

这个可怕的预感让曼曼们感到好恐慌！

小曼不敢想下去了，唯一能做的就是用笑声来掩饰自己内心的恐惧，也想用笑声来鼓励自己和姐姐要勇敢面对疾病，坚强一点，再坚强一点，不能被可怕的未来给吓倒啊！

可是，小曼笑着笑着，还是感觉自己的眼睛里热辣辣的，胸口好像涌动着什么东西，一种说不出来的委屈让她想哭！

姐姐的眼圈，也红了。不过，她们还是笑着自嘲说："古代人是望梅止渴，画饼充饥，我们这是望糖兴叹啊！"

"行啊！这样看着也挺解馋的呢！"妹妹说。

"糟了！"姐姐的表情忽然严肃起来，"孩子要是回来看见地上的糖，他还不馋那？"

"那可怎么办？我们又捡不起来！"

这个担心使屋子里的气氛一下紧张起来，就在姐妹俩尴尬地看着一地糖果左右为难无计可施的时候，她们忽然听见屋外传来母亲和小侄子说话的声音。大曼和小曼同时紧张地盯向屋门口——果然，她们看见母亲左手提着花布兜，右手牵着小杠杠的小手，回来了。

小杠杠一眼看见地上的糖果，马上高兴地挣脱奶奶的手，自己扶着门框迈过高高的门槛跑进屋，撅着小屁股蹲在

地上捡了起来。小曼和姐姐很怕孩子会闹着吃糖，急忙哄着安慰他说："宝贝，把糖捡起来给姑姑，姑姑给你留着，等你病好了，嗓子不疼了，就给你吃，好不好？"说出那句"姑姑给你留着"时，小曼的声音很小，很心虚……

小杠杠一块一块地把地上的糖果捡起来，然后用小手捧着五块水果糖站起身，虽然有些不情愿，但他还是听话地把糖果递给小姑姑。他仰着小脸看着小曼把糖果重新放进包里，眼神里既有对姑姑的信任，又有说不出的……疑惑。

小杠杠似乎想不明白，小姑姑说好给他留的糖果，怎么会在他不在家的时候都跑掉到地上了呢？但他的年龄实在是太小了，他不知道该怎么问姑姑，他也太信任姑姑了，他能做的就是把糖果重新交给小姑姑保管。

小曼感觉自己脸上好烫好烫。为自己刚才曾想吃孩子的糖而感到很难为情，很不好意思。那是孩子让自己保管的，也是他对姑姑的信任，是姑姑对孩子的承诺啊！

半杯开水

吃过午饭，小侄子睡了，生病让孩子很没精神。母亲坐在床沿上翻看孩子在医院看病的票据。天气好热，外面气压很低，马路都晒出了油。虽然屋门敞开着，但屋子只有南面有一扇小窗，背面是墙壁，四面不通风，所以屋子里还是闷热得叫人透不过气来。

小曼中午实在是饿极了，吃了太多的咸菜，现在感到口渴得要命，好想喝一杯水啊！

“妈妈，我渴了，我要喝水！”小曼喊母亲。

“我也渴了，妈你给我倒一杯水喝吧！”大曼也说。

母亲站起身走到桌子前，她拿起暖瓶晃了晃，很轻。拧开壶盖控了又控，只倒出了半杯白开水，而且水看起来很浑浊，需要沉淀好长时间才能喝。

“你们等会儿，妈去烧壶水。”母亲说着就用饭盆打了一盆凉水端到屋外去烧水，可很快又把水端了回来，只这一会儿工夫，母亲就已经被晒得汗流浃背了。她犯愁地说：“这咋整，炉火没压好灭了，得重新点。再点着的话到晚上还得再烧一块煤。”

曼曼们心里很清楚，一块煤得花9毛5分钱，家里还有十块煤，现在孩子在生病，无论如何煤得烧到月底的啊！而她们肠胃不好，又不能喝生水，喝了生水就拉肚子……这让母亲好为难。

“那就别点火了，等晚上做饭时再烧水吧。”大曼懂事地说。

“天这么热，渴了不喝水哪能行啊！再说孩子一会还得吃药呢！”母亲弯腰从桌子下面的“碗橱”里拿出电饭锅，准备用电饭锅烧水。

“妈！别用电饭锅烧水，咱家这个月电费又要超额了哦！”大曼急忙阻止母亲“那不是还有半杯开水吗？我们不喝了，留给孩子吃药吧。”

“就是，电费也挺贵的，等晚上做饭时再烧水嘛！”小曼也劝母亲。

在姐妹的劝说之下，母亲只好犹豫着放下了手里的插线，又坐回到了床沿边整理票据、叠晒干的衣服。不过，母亲心里惦记着们女儿们口渴得难受，她一会儿看看墙上的表，一会儿又看看屋外的天空，像是在安慰孩子们，又像是在安慰她自己似的说：

“快了，再有三个半小时就天黑了，五点妈就点火烧水。”

“嗯！妈，咱今晚喝米粥吧！我想喝米汤了！”大曼说。

“行，那我先去淘米。”

大曼和小曼看着母亲淘米，自来水哗哗地流进盆子里，好清凉啊！要不是因为胃肠不好，上厕所会给母亲添麻烦，她们真忍不住想喝一口凉水啊！

她们渴得什么事也做不下去了。上午饿得难受，下午又渴得难受，这一天几乎没写多少书稿，这让她们既心急又上火。

嗓子眼里渴得要冒烟了，嘴里干巴巴的一点唾液也没有，说话也有气无力的。而渴得越不耐烦，身上就越往外冒汗，小屋子就像一个蒸笼一样烘烤得姐妹俩浑身难受……

不过，一想到自己能忍住口渴，就能帮家里省一块煤或是一度电，她们就又有了信心和力量，甚至觉得能以这样的方式帮母亲分担点“经济”上的重担，这个下午不写书也值了啊！因为她们知道自己忍耐的不是口渴，而是在跟艰苦的环境抗争，在跟命运打仗——打一场不能输，必须赢的胜仗啊！

还不到五点呢，才四点过五分，母亲就迫不及待地用炉钳子夹着煤块去隔壁小吃店换煤火，开始烧水煮粥了。

十几分钟后，大曼和小曼终于喝到了米汤，米汤刚开锅，清得见底，不过喝进嘴里甜滋滋的好香啊！姐妹俩的嘴唇和舌尖都被热米汤烫破了皮儿，麻酥酥、火辣辣地疼，但干渴的嗓子得到了滋润，肚子里也被灌得鼓鼓的，喝得好过瘾，好满足啊！

感激邻居的灯光

天，完全黑下来以后，弟弟夫妇才下班回来。

屋子里没有开灯，借助从窗外斜射进来的邻居小吃店门口的微弱灯光能恍惚看见碗里白色的饭影和盘子里黑色的黄瓜块儿。就听全家一片“呼噜噜”热火朝天的喝稀粥的声音，还有小侄子叽叽喳喳的说话声。小杠杠睡了一下午，觉睡足了，也精神了，开始不住嘴地说话。

小曼怕屋里太暗看不清，孩子会把米粥弄撒了，就让弟弟把杠杠抱到她身边坐下，然后她用小勺一小口一小口地喂孩子喝粥，小曼自己已经被米汤给灌饱了，晚饭一口也吃不下了。

小杠杠小嘴里含着米粥口齿不清地问：“小姑姑，咱家为什么不开灯呀?”

“你怕黑吗?”

“嗯!”他的小屁股往小姑姑跟前蹭了又蹭，紧紧地挨着小姑姑的腿坐着。

“小杠杠不害怕！你看奶奶、爸爸、妈妈、姑姑都在这里呢，家里多热闹呀!”

“小姑姑，是我们家的灯泡坏了吗?”小家伙依然固执地问，不等小姑姑回答，他就伸出小手命令爸爸说，“爸爸，你快点吃，吃完饭好把灯泡给修好哦!”

“嘘!”小曼急忙示意小杠杠小点声，好害怕房东听见会误会他们弄坏了她家的灯泡。也怕邻居听见会笑话他们家点不起电灯。她小声地对孩子说，“宝贝，你知道吗?电费好贵的，一度电就能买一根老冰棍呢！奶奶不开灯是想把电费省下来给你看病，等你的病治好了，奶奶开退休金了，好能给你买冰棍和火腿肠吃呀！要不你总是咳嗽，啥也吃不了，多可惜呀!”

“嗯!”小家伙高兴了，他一高兴(害怕的时候也是这样)，就举起两只小手摸自己的两只小耳朵，好可爱哦!

吃完饭，弟弟夫妇回他们在西街那边的出租屋了。母亲把碗筷拿到屋外去洗。

“吃完饭了啊?”邻居小吃铺的阿姨在和母亲说话。

“吃完了，您忙那?”

母亲热情地和阿姨打着招呼。

此刻，曼曼们在屋里听着阿姨带着四川腔的普通话特别亲切，也特别感激她家门口亮着的那只大灯泡哦！可她们又不好意思直接说感谢，母亲就只好通过热情的招呼向他们一家表示友好和感激。

“小姑姑!”小侄子喊小曼。

“哎!”“大姑姑!”他又喊大曼。“小侄子，大姑姑在这里呢!”

小家伙不喊了。姑姑答应着他，他似乎就不那么怕黑了。

母亲洗完碗筷，又收拾干净外面的灶台，然后端着一盆洗脸水进屋伺候曼曼姐妹和小侄子洗漱。等给孩子们洗漱完了，母亲就开始摸索着擦床、铺床。在做这一切的时候，曼曼们能感觉得到母亲的动作特别轻、特别柔，也特别慢。母亲小心翼翼地，怕摔倒，也怕会撞到什么东西。

屋子里实在是太黑了啊！窗外邻居家的那点灯光只能照到一个墙角，屋里其他地方都黑洞洞的根本看不清楚。母亲只能凭着白天的记忆摸索着往两张床上分配被褥，摸索着给女儿们脱衣服，摸索着抱她们进被窝……

忽然母亲的脚踩到了什么东西，就听“咣当”一声巨响，曼曼们和孩子都被吓了一大跳！母亲急忙蹲下身用手去摸，边摸边安慰孩子们说:“没事儿，是妈把脸盆踩翻了，还好脸盆里面没水。”

大曼和小曼长舒了一口气。小杠杠却埋怨奶奶说:“奶奶，你小心一点啊！你要是摔倒了，屋里这么黑，大孙子都找不着扶你起来哦!”

母亲被孩子的话给逗笑了。

安顿好两个女儿和孙子以后，母亲终于能上床躺下休息了。这一天的奔波和忙碌就像是一场战役，而母亲和女儿们的心里都憋足了一股劲：挺过这一天，就是接近一点胜利了。因为只有这样节俭着生活费才能坚持到月底母亲发退休金的时候。那样下个月房租就不发愁了，而下个月，等下个月孩子的病好了，日子就能好过一点了吧？

因为心里有这样一个盼望，她们的心里感到踏实而快乐。她们，也就更感激邻居的灯光了啊！

米粥煮糊啦

小杠杠的病刚好点，姐姐大曼又病了，发烧、咳嗽。这让已经筋疲力尽的母亲很是心急。母亲收拾完屋子就去门头沟区医院给大曼开药了，家里只有小曼和姐姐、小侄子三个人。姐姐躺在床上睡着了，她一直难受地“哼哼”着……小侄子自己在地上玩。

小曼看看墙上的钟表，已经快四点了，她们都没吃早饭和中饭，母亲一直在忙着做家务，有口剩饭中午给孩子泡泡喝了。小曼想母亲一定很饿。她想让母亲从医院回来就能吃上一口热乎饭，于是，她喊小杠杠把电饭锅端给她。

小杠杠的个儿不够高，他站在桌子边，踮起脚尖用小手

指勾住电饭锅的锅边，用力向自己这边一拉，电饭锅就被拽到了跟前，他摇摇晃晃地抱起电饭锅，小曼很担心他会因为抱不动而“哐当”一下把电饭锅摔在床上，那样非摔坏了不可哦！急忙提醒他说：

“宝贝，小心一点！”

小家伙憋足气，小心翼翼地把电饭锅放到了小姑姑的床上，还怕小姑姑够不着，又往她身边推了推。

孩子这个体贴的动作让小曼心里好温暖，可她来不及心疼他，又指挥他用饭盆打一点水端来，再把饭勺和米袋拿来，还需要一只空碗，最后把母亲盛泔水用的小塑料桶也提进来，放在小曼床边的屋地上。

小杠杠被小姑姑指挥得有些晕头转向的，他腆着小肚子站在床沿边问：

“小姑姑，你要干什么呀？”

“小姑姑给你做饭吃，好不好？”

“可是，你会做吗？”小杠杠仰起小脸，满脸不信任地看着小姑姑。

“怎么不会？”小曼假装生气了，撅着嘴说，“我做的饭可好吃了！”

“好吧！”小杠杠小大人儿一样郑重地点点头。

其实小曼也不知道这饭该怎么做？她只是不想让母亲挨饿，不想让母亲从医院回来再受累做饭，于是，她硬着头皮开始开始刷锅……

小曼端不动电饭锅，就教小杠杠把锅从电饭煲里端出来左右摇晃，把里面的水倒进塑料桶里。

刷完了锅，她又开始洗米。

花瓷碗好沉，再装进米和水就更沉了，小曼端不动它，她就把碗放在小桌子上左右摇晃，她不想用手搓洗大米，她觉得那不是洗米，而是在洗手。在她往塑料桶里控淘米水时，她的左手忽然托不住右手腕，一哆嗦，小碗差点掉在地上，吓得她出了一身的冷汗，急忙缩回手喊小杠杠帮忙。

小杠杠按照小姑姑的吩咐把米倒进电饭锅里，又把饭盆里剩下的清水也全部倒进去了。小曼让他盖好锅盖，看着他插好电源，嘱咐他把用完的东西都送回去，姑侄两个人就守在电饭锅旁边等着饭熟。

十几分钟以后，米粥开锅了，一股热乎乎的米香味扑鼻而来，小曼得意地对跪坐在电饭锅旁边的小侄子说："怎么样？小姑姑煮的米粥香吧！"

小侄子探着小脑袋看一眼锅里的大米粥，抿着小嘴笑了，他到这时才相信小姑姑也会做饭，而且这里面还有他自己的功劳呢！

小曼用饭勺搅动着米粥，发现米粥清汤清水的，一点都不黏糊。她想起母亲煮米粥好像往米里面放过一种白色的面面，那样煮出来的米粥很稠，很好喝！于是她让小侄子下床把调料盒端过来。在里面找了半天，只有小苏打是白色的，小曼扭头问对面床上正昏睡的姐姐大曼说："大姐，煮粥是

放小苏打吗?”

大曼没有出声，小曼确定姐姐能听见她说话的，于是又问:“是不是嘛?是你就点点头，不是你就摇摇头!”

“大姑姑，小姑姑问你话呢!”大曼还是“哼哼”着不理他们。

小曼放弃了追问，只好自己做主往锅里倒了半饭勺的小苏打。放完小苏打，她又突发奇想:“我往里加一点盐吧?家里没有菜了，连一棵菜叶也没有，我要是把米粥煮出滋味来，那晚饭不就不愁没菜吃了吗?”

记得小时候母亲给他们做过一种菜粥，就是用白菜和土豆炝锅后，添好多水，往里面再放米，粥煮出来以后菜和米混在一起，吃起来好香哦!

于是，小曼又让小杠杠帮她往锅里倒了一点盐和酱油、味精、胡椒面……总之母亲炒菜能用到的东西她都统统放进了米粥里，她热切地盼着能煮出一锅香喷喷的、有滋有味的米粥来。

可是，随着电饭锅里冒出的白腾腾的热气，屋子里开始弥漫着一股难闻的气味。小曼忍不住掀开锅盖一看，天哪!米粥……煮糊啦!

不许说出这个秘密

“小姑姑，你做的这是什么饭那？好难闻哦！”小杠杠用小手捂住小鼻子，像躲瘟疫一样躲到了床角。

“闻着不好闻，喝着也许还好吧？”小曼心里也没底了。

只见一锅白色的米粥此刻变成了深褐色，米粒和米粒都黏在了一起，再也不是刚才清汤清水的可爱样儿了。这样的米粥别说喝了，就是看着都让人反胃，那股难闻的怪味就更让人想吐了！

“我不要喝！”小家伙抗议，“奶奶也不会喝的！大姑姑也不喝！”

是呀，这样的米粥怎么能……喝呢?!

小曼忽然难过得要哭！真后悔刚才不该往米粥里乱放调料啊！她只是想帮母亲减轻点负担，给母亲做顿吃的，没想到会把米粥煮成这样！母亲回来要是看见一锅不能喝的米粥，她非生气不可。家里本来就缺钱，她再浪费粮食……

小曼傻了，呆了，不知道该怎么办了。她为难地看着墙上的钟表，现在已经是下午四点多了，母亲很快就会回来了吧？她挣扎着、犹豫着，最后果断地做出了决定：倒掉！与其说让妈妈回来看见生气，还不如自己偷偷地把米粥倒掉，眼不见心不烦呢。

于是，小曼让小杠杠撑开塑料袋，她皱着眉头，苦着脸，忍受着那难闻的怪味把米粥一勺一勺地盛进了塑料袋里，然后用胶布封好口，吩咐小侄子扔进马路对面的垃圾箱里。

这是小杠杠第一次自己出门过马路，他也许是被熏得太难受了，也可能是知道小姑姑闯祸了，他表现得好勇敢，自己提着垃圾袋，趿拉着奶奶的大拖鞋跑了出去。小曼通过敞开的屋门，伸长脖子看着他，提心吊胆地等他回来以后，才长舒一口气。

小曼紧接着让小杠杠给她打来一饭盆清水，再拿来钢丝刷和洗涤灵，开始刷电饭锅和饭勺子。

黏糊糊的米汤粘在锅底厚厚的一层，好难洗哦！她低着头，拼尽全力刷洗这只“庞然大物”。刚才她是要争取时间想在母亲回来之前把粥煮好，拼命地干活；而现在是要争取时间想赶在母亲回来之前，把电饭锅刷干净，又开始一轮新的战役。这两场“战役”把她的胳膊和手指累得酸疼酸疼的，头都抬不动了，身子也直往下陷，感觉自己像是要瘫倒了一样……

小曼这时候已经没有力气说话了，可她知道收拾干净屋子才是帮母亲最大的忙啊！

经过半个多小时的“艰苦奋战”，小曼在小杠杠的协助之下，终于把锅洗干净并放回到了原处。而且，她还指挥小侄子撅着小屁股把屋地又擦了一遍。屋里总算被收拾干净了，一切又恢复到了母亲临走前的样子，小曼甚至觉得比母亲走之前还要整洁和干净。屋里的空气也变得清新了许多。

这时，小侄子趴在床沿边，忽然仰着小脸笑嘻嘻地说：“小姑姑，我祝福你再做一锅这样的米粥，实在是太‘香’了啊！”

小曼被孩子调皮的样子给逗笑了，这么点小孩就知道“讽刺”姑姑了！可她笑着笑着，忽然发现不对劲儿，万一小宝贝把今天的事当笑话在母亲面前说出来，那母亲非批评自己不可！小曼急忙用双手握住小侄子的两只胖嘟嘟的小手，让他看着自己的眼睛，说：

“宝贝，小姑姑给你买一根冰棍吃好不好？等奶奶回来以后，你千万不要告诉奶奶小姑姑煮粥的事情，要不奶奶会心疼瞎掉的粮食，会生气的！”

小家伙瞪着大眼睛一眨不眨地看着小姑姑，很郑重地点了点头。

于是，小曼给了小侄子 5 毛钱的“封口费”，让他去隔壁小卖店买一根小布丁吃，而吃了小布丁的小杠杠真的不再提“祝福小姑姑再煮一锅粥”的事了。

小曼终于放心了。

一会儿，母亲回来了，姐姐大曼也“醒”了。她趁母亲出去烧开水的工夫，小声地对妹妹说："你刚才问我话的那会儿，是我最难受的时候，我哪有力气摇头啊……人家没力气说话，你竟然做出那么难闻的米粥，差点没把我熏死！"

小曼忍不住"咯咯咯"地大笑起来，小杠杠也跟着"哈哈哈"大笑……

她失去爱的力量了吗

小曼一个人坐在床上，呆呆地看着窗外，她不想动，也不想说话。

姐姐大曼在家吃了两个星期的口服药，病情一直不见好转，而且还伴随着持续的高烧和胸闷，每次咳嗽的时候，胸腔里都"呼噜噜"地响，好像山洪要"爆发"一样，听着好吓人，好让人揪心啊！母亲让姐姐使劲儿地咳，把憋在里面的痰吐出来也许就好了，可姐姐咳得脸通红，她满头大汗都要窒息了，就是吐不出来。母亲猜她可能患了肺炎，肺炎在家吃口服药是治不好的，必须去医院看看才行。

于是，母亲找出家里所有的钱，甚至把再过十几天就要交房租的钱也带上了，然后用轮椅推着姐姐乘公交车去门头沟区医院看病。

医院的检查结果是姐姐肺部感染，医生让母亲带姐姐转院去协和医院救治。可母亲没有钱转院，她甚至连在门头沟医院住院的钱都掏不出，只能低声下气地苦苦哀求大夫，说了半天的好话，医生才勉强同意在门诊给姐姐大曼输液治疗。不过，医生还是强调说："这一个星期是危险期，家属做好心理准备，如果用上药见效就说明病人还有希望，如果没效果的话，我们也没有办法了……"

今天姐姐大曼已经在门诊输液第三天了，这三天，她始终不吃东西，只有在母亲抱她上下轮椅时，她才会勉强睁开眼睛，请母亲托着她的胳膊，她好自己梳头、擦护肤霜，无论病得多么难受，姐姐都要让自己体面地去见医生！

每天，母亲很早就推着轮椅上的姐姐乘公交车去医院门诊输液，晚上很晚才能回来。家里就小曼和小侄子两个人，小曼不能像母亲那样周到地照顾好孩子，小家伙感冒刚好，就又发起了高烧，母亲只好带着小杠杠和大曼一起去医院打针。

母亲好累，好辛苦，巨大的精神和经济压力让母亲脸上的皱纹像刻进去似的，明显苍老和憔悴了许多。小曼很想能帮母亲一把，可她什么也做不了，离开小杠杠这个小帮手，她甚至连动动胳膊擦擦床的力气也没有。

小曼只能这样呆呆地坐在小床上，看着屋外的街道，等母亲他们回来。

呵！她心里好难受！不只是难受，而且还感到好绝望！

全家千辛万苦地从老家黑龙江来到了北京，逃离了那个闭塞而寒冷的小村镇，好不容易来到这个暖和一点的城市，好不容易找到了有宽带的房子，能上网了，可以继续写书和接听热线了，可姐姐却生病了，而且病得还那么严重，也许……

小曼不敢想下去了……她怕，怕失去姐姐！失去最爱的亲人！失去让她活下去的动力和勇气……

小曼和姐姐虽然年龄相差两岁，但由于患同样一种疾病，在同一间屋子里长大，即使是生病住院，她们也是在一起的；她们是手足，是彼此的生命，是对方那只飞翔的翅膀啊！

而且，小曼和姐姐大曼还有共同的梦想：她们一起办热线，一起写书，一起憧憬着能成为受人欢迎的作家和主持人。

可是现在……小曼哭了，眼泪并不能帮助她救姐姐的命，但眼泪却成为了此时此刻能帮助她宣泄内心恐惧与痛苦的唯一方式。

这时，QQ在响，有人找她。小曼实在不想动，不想说话，可手却还是本能地移动鼠标点开了一个女孩儿发来的消息，只见屏幕上的聊天对话框里有这样两行文字：

第一条消息“心曼姐姐，我大学毕业一直找不到工作，好苦恼哦！你帮帮我吧！”

第二条消息：“姐姐，你在忙吗？我不知道该找谁倾诉，心里好苦恼！你能帮帮我吗？”

小曼拿起键盘想打字，可她的手颤抖着，鼻子一酸，眼泪就夺眶而出……她在心里委屈地想：“我姐姐现在正在医院里救治，她病的好严重！都要死了！可妈妈没有钱送她去最好的医院，甚至都住不起一个普通的小医院，只能在门诊输液，勉强维持生命，比起姐姐的生命，你找不到工作的烦恼又算得了什么啊？这样的痛苦比起要失去亲人的痛苦真的太渺小了啊！”

她颓然地趴在小桌子上哭起来，沉浸在自己即将失去亲人的巨大痛苦中，在这种绝望的状态之下，她已经没有力气去关心和开导别人了啊！

给自己做心理疏导

在小曼哭的时候，QQ 还在“滴滴”地叫，她知道一定是那个女孩儿在找她，她的 QQ 在线，她不回话她是不会死心的。而且，对方也真的需要有人来倾听她的心声，给她安慰和鼓励，帮她出出主意啊！

小曼哭着，心里感到内疚和不安。她敏感的心能想象得到对方迫切的心情，她也能理解作为一个刚出校门的、找不到工作的大学生的迷茫和困惑。

可小曼……

小曼用胳膊肘撑着小桌子，借助手臂传导出的力量，一点一点地用手支起头，坐正身子以后，她拢了拢鬓角哭湿的头发，然后拿起腿边的鼠标给电脑暂时静音。

她深吸一口气，轻轻地闭上了眼睛。她要先给自己做一个心理疏导，否则，她就真的完了！

在心里，她开始了一场跟自己的心灵对话："心曼，你为什么哭呢？"那个"她"问。

"我姐姐生病了，她现在在医院里输液，能不能活下来我还不知道呢！"说着，一股滚烫的热泪又顺着她的眼角流了下来。

"姐姐生病了，虽然很严重，不过她现在还能在医院输液，就说明还有希望，是吧？"

"是的。"她点头"能输液就说明还有希望！"

"那么，此时此刻姐姐正在医院与病魔搏击，而你呢？你认为你是应该在家里这样担心和消沉下去，还是应该振作起精神做点什么，让自己和姐姐都看到一点希望呢？"

"我……"眼泪继续在流，不过，她本能地挺了挺脊背，说，"我应该振作起精神来做些什么，我不能让眼前这种没有希望的生活再陷入绝望！"

“好。”那个“她”说，“那么，你现在就振作起精神，去关怀那个女孩儿，把姐姐因为生病而暂时不能做的事情给承接过来，帮助姐姐来完成这个公益行为和梦想好吗?!”

“我也想去关怀她，可是……”她的身体像一摊泥一样，刚刚挺起的脊背又弯曲了下来，“我发现我没有力气去关心别人了，我……”

“心曼，一个人活在这个世界上就要承担起属于自己的责任和义务。”那个声音变得严肃起来，“你现在不只属于你自己，你还是一个心灵关怀的志愿者。既然你和姐姐已经开始了这样的一个公益行为，就应该坚持做下去，因为有好多人在等着你们去帮助他们解决心灵上的苦恼呢。而比起你现在所承受的痛苦，他们的某些苦恼的确是算不了什么，不过，每个人的人生处境都是不同的，遇到的问题和难处也不一样，在他们的人生境遇里，对于当事者来说，他们所遇到的苦恼就是沉重的、巨大的、甚至是致命的啊!”

“是的。”她的眼泪又汹涌着流下来，“任何事情，哪怕在旁人看来微不足道的小事，但对于当事者来说，就是沉重的、巨大的，甚至是致命的啊!”她重复着。

“所以，你不可以逃避作为一个关怀者的责任和义务，你必须从自己的痛苦当中暂时抽离出来，进入到另一个人生，另一个痛苦里去，帮助她勇敢面对和解决问题，这是一场心灵的救援，也是一场看不见硝烟的战斗啊!”

“是的!”她说，“我该从自己的痛苦里暂时抽离出来，

然后进入到另一个人生，另一个痛苦里去，帮助她勇敢面对和解决问题，这是一场心灵的救援，也是一场看不见硝烟的战斗！”

“好，那么，现在请开始吧。”那个声音在坚定地鼓励自己，“你要记住任何时候你都不是一个人，因为你还有姐姐，这个是你们两个人的事业！”

“谢谢！我知道了，这个是我们两个人共同的……事业！”

小曼睁开眼睛，眼泪还含在眼底，但却看着屋门口明亮的阳光微笑了一下。通过这场递进式的自我心理疏导，小曼的心里又被唤起了爱的力量，她又重新面对着电脑屏幕，就像她和姐姐曾经无数次坐在电话机前接听热线一样，她开始以一种温暖而平静的心情去开导电脑那边迷茫的女孩儿。

情感的闸门终于打开

“你好！你说，你大学毕业半年多了，一直找不到合适的工作，你心里好烦，是这样的吗？”

“是的！我现在好烦啊！我不知道该怎么办好？”

“能简单说一下你应聘工作的经历吗？说两次印象比较深刻的，我相信这半年内你肯定应聘了不止两家公司吧？”

电脑那边的女孩在小曼的引导下，叙述了两次印象比较深刻的求职经历。

第一次应聘工作时，好兴奋和紧张，事先没有问清对方公司的地址，结果下了公交车却怎么也找不到那家公司了。她只好给负责招聘的人事打电话，因为太紧张没听清，她打了很多个电话，走了一个两个小时的冤枉路，最后到应聘的公司时已经快要下班了，负责招聘的人扫了一眼她的简历，就放到一边，连问也没问，就告诉她回家等消息吧！

第二次应聘工作的时候，因为有了第一次走冤枉路的经验，她事先在网上搜索了招聘公司的地址，在约定的时间准时赶到了应聘的公司。这一次对方问了自己几个专业上的问题，还提出笔试，只是在递简历时，对方盯着她染得通红的长指甲看了一眼，让她心里感到好紧张。果然，这一次又是无果而终。

“你当时为什么感到紧张呢？”

“我当时觉得自己的指甲做得太长，太鲜艳了，可能给对方印象不太好，因为我学的是财会，这个专业应聘应该穿的朴素一点！”

“呵呵！你能这样认识很好。其实，每个人在结束学业，走向社会的时候，需要做的第一门功课——都是找工作。我们在应聘的过程中，锻炼和学习如何跟陌生人打交道，推销

自己，在最短的时间内，展示自己的专业特长和个人处事能力。比如，第一次应聘工作，你学会了守时，是吧？而第二次应聘工作呢，让你意识到自己的指甲做得太长也太鲜艳了，不适合应聘工作的形象，是不是？”

“是的，曼曼姐姐，那天回来以后就剪掉了我刚做的长指甲，还去商厦买了一身职业装，每次应聘工作的时候，我都把头发简单地盘起来，不敢再弄得太时尚，让人看着很花哨或是感觉学生气十足，不够成熟稳重！”

“所以说，你是一个很聪明的女孩，你已经在应聘的工作的过程中学会反思并开始积累经验了！”

“可我现在还没有找到工作，心里真的好着急哦！”她发来一个苦恼的表情。

“亲爱的。”小曼说，“应聘的这个过程越漫长，你积累的经验就越丰富，这些丰富的经验对你以后的工作和生活都将带来受用终生的帮助和益处。因为它培养的是你坚实的耐心和坚韧的承受力！所以，好事不怕晚！总有一份好工作，在前面等着你的。”

“谢谢曼曼姐姐！听你这么一说，我心里好受多了。”她转而发来一个笑脸。

“不客气，也没帮上你什么忙，以后有什么不开心的事，我们一起分享和分担好吗？”

虽然对方看看不见自己的表情，但小曼还是对着屏幕微笑一下。

“好的，心曼姐姐，春曼姐姐的病好点了吗？我刚才看你的个性签名，说春曼姐姐病了，代我问候她，祝春曼姐姐早日康复！”

小曼的心里一暖，眼泪又扑簌簌地流了出来……她好不容易从自己的痛苦里抽离出来，很坚强地去关怀别人，没想到被对方这样一关心，她一下就脆弱了。她感动而惊讶地发现，原来她也不是一个人，她也在被别人关心着，温暖着，支持着，惦记着啊！

来自陌生人的这声问候多么珍贵啊！而她在别人痛苦时，去安慰和关怀一下，还有什么可感到委屈和为难的呢？

突然的，她感觉内心情感的闸门被打开了，她又重新接纳了这个世界，并被世界所接纳。

生命日记

傍晚，电脑开着，春曼侧身躺在床上，她的手里还在握着鼠标，但大眼睛已经疲惫地闭上了。连日来每天去医院输液，病痛中的颠簸让她感到好累好累。但是，她回来感觉好点的时候，还会用鼠标点击电脑软盘，记录这些日子自己与病魔抗衡的经历，记录母亲为自己所做的一切。

2008 年 8 月 1 日　星期五　晴

我病了，刚开始只是头疼和咳嗽，感觉腹腔发热，后来开始浑身发高烧一直不退，喘息得难受，我已经有好几天不愿意吃东西了，喝一口水都想吐出来……8 月的天气闷热，而我浑身发热滚烫，好难受啊！

妈妈说要带我去医院打针，我摇头拒绝了妈妈。不是我不愿意去医院，我知道只要去了医院，医生给我用上药，我的病就能好起来。可是，我知道妈妈没有钱给我看病，在老家看病时就为钱发愁，到了北京租房子住，看病就更让人发愁了。

然而，持续的咳嗽和喘息没有因为我的隐忍坚强而消退，反而越来越厉害，我已经明显感觉到自己的五脏六腑也跟着烧起来，热烘烘、火辣辣地煎熬着我，让我浑身乏力，喘不过气来……

多年的生病经验告诉我，自己已经不是普通感冒这么简单了，我可能已经烧成肺炎了！

在我挣扎着，为要不要去医院而犹豫不决的时候，妈妈毅然决然地给我穿上衣服，抱我坐上了轮椅。

本来从五里坨的小村子到门头沟医院，也就 5 站地不到 20 分钟的时间，可是为了省钱，我们在马路边等最便宜的没有空调的公交车，我们在太阳底下足足等了一个多小时，才赶到医院。

到了医院就拍片、抽血化验，诊断结果出乎我们意料，竟然是肺部感染。

医生看我的体质太弱，不敢收我，让妈妈带我去协和医院，妈妈低声下气地苦苦哀求，好不容易医生动了恻隐之心，勉强同意让我在门诊输液观察治疗。不过，他用低沉的声音说：“我们会尽力，不过，家属还是随时做好心理准备吧……”

我默默地忍受着疼痛，感觉护士用针头挑着我的皮肤往里面扎，那细细的针头在我的肉里剜来剜去，好半天才扎进血管里去。我疼得浑身直冒冷汗，而我始终咬着嘴唇，默默地忍受着没有吭声。

我知道我病成这个样子，妈妈她已经够难受的了，如果我再忍受不住疼痛喊叫的话，妈妈会更难过的啊！

妈妈！我亲爱的妈妈，她转过身背对着我，蹲在旁边绝望地哭了……我听到妈妈呜咽的抽泣声，眼睛里的泪水再也忍不住，大颗大颗的像断了线的珠子一样滚落到自己的衣襟上。

这时，来看望我的朋友看见妈妈很难过和绝望的样子，就把妈妈拉到了病外。门虚掩着，我隐约听见朋友安慰妈妈说："阿姨！您不要太难过了，没有春曼，您还有心曼啊，您可以把所有的精力给心曼，好好地去照顾另一个女儿啊！"

我知道朋友是好心，想转移妈妈的注意力，不让妈妈太难过。可是，妈妈听了朋友的话，她哭得更厉害，也更绝望了！

我的心，就像被撕碎了一样的……痛！

2008年8月3日 星期一 晴

我好像是睡着了，感觉自己的身体变得好轻好轻，在向前漂浮。我迷迷糊糊的，漂浮了一会儿我就停了下来，看见旁边有好多小人儿，他们似乎都长得一个样，穿的也是一样，面无表情的，很冷漠地向前"走"着。它们都有秩序地在马路的两旁排着队，似乎都在赶往一个地方去，而且那个地方也没有阳光，灰蒙蒙的，很暗淡。

我这是在哪儿啊？白茫茫的一片，没有树，没有房子，也没有人声！好静啊！

天地一片混沌……

没有人回答我的问题，也没有人理会我的存在。我孤独地看着那群陌生的赶路的小人。

我心里似乎隐隐约约地意识到自己是不属于那个队伍里的。我只是在旁边看着他们，看着他们……

然后，突然的，我醒了！

醒来以后，我感觉身上好累啊！就好像自己刚经历过一次长途跋涉回来，或是干了很重的体力活儿一样，浑身酸软乏力，就连呼吸都成为了一项艰巨的劳动。我躺在木椅子上虚弱地喘息着，喘息着。想起刚才在梦里的可怕经历，我并不感到太害怕，相反，心里还很平静和……踏实！

这种踏实感来自我又闻到的熟悉的来苏水味，又听见了医护人员和家属说话的、充满生命力的人的声音。

那就是死亡吗？我刚才是在昏睡中经历了一次“死亡”的体验吗？如果我就那样跟着他们走了，再也醒不来，永远也回不到这个鲜活的世界了，妈妈和妹妹、弟弟他们该有多悲伤啊！我也该多痛苦啊！生命结束了，灵魂进入另一个世界的时候，也有感知吧？

想到这里，我反而有些后怕，不禁从心底打了一个冷战，随之后背感到发凉。

不！我是不会死的，我是不会跟着他们走的，因为我本

来就不属于他们的队伍，我这不是醒来了吗？

是啊！我醒来了，还有好多事没有做完呢，我还没有好好孝敬我的妈妈呢，我怎么能死呢！

虽然我醒了，但是，我好害怕自己会不知不觉地再睡过去。于是我努力睁开眼睛，去打量周围的一切。我看见窗外明媚的阳光照射在病房洁白的墙壁上，我的心里不由得一阵激动，好温暖和熟悉的画面啊！

呵！这才是我熟悉的世界，这也才是属于我的世界！

我一定要活下去，活下去！跟妈妈和妹妹、弟弟们在一起！

2008年8月6日　星期四　阴

小杠杠又感冒了。看着妈妈筹钱给我和小侄子们治病，每天拖着沉重的脚步，带我和小侄子赶公交车去医院输液，妈妈这样操劳，我的心里好难过，好盼望自己和小侄子能快点好起来啊！

也许是药物在我体内发挥作用了，我有点精神了，也开始感觉到肚子里饿了，尤其是当闻到饭菜的香味，就更想吃东西了。

我看见一个穿着白大衣，身材很苗条的小护士，她手里端着盒饭从病房门口走过去，紧接着，其他病人陪护的家属也都买午饭回来。我就在靠门口的位置输液，那扑鼻的饭香一次次从我身边飘过，闻着好香，好馋人啊！

我看见小杠杠也伸着小脖子，瞪大眼睛可怜巴巴地在看别人吃饭，我的心一阵紧缩……

妈妈凑过来，心疼地小声问我："饿吗？"并要起身给我去买点饭吃。我想到医院附近饭卖得都好贵，而且妈妈为了赶时间给我和孩子输液也没来得及吃早饭，妈妈也在挨着饿，硬撑着身体照顾我们，妈妈自己舍不得吃，我怎么舍得？怎么咽得下去饭呢？我摇摇头说我不饿。

其实，其实我胃里像被榨干了一样的难受！我多想能喝一碗米粥，哪怕就一口也行啊！可是……我忍住了！

我跟妈妈商量给孩子买点饭吃吧，别把孩子饿坏了。没想到懂事的小杠杠居然仰着小脸看着妈妈说："我不要了，奶奶，你还是陪陪我吧！"

妈妈怕把小杠杠饿坏了，执意起身去给孩子买饭。

妈妈走了，我和孩子等了好长时间，才看见妈妈气喘吁吁地买回来一盒米饭炒小白菜。

我看见切得细碎的绿色小白菜叶里掺着一点点肉丝，闻着好香啊！

小杠杠高兴得小腿不老实地在床上踢着床栏玩，妈妈一口一口地喂孩子吃，心疼他的同时，也盼望他能剩下一点米饭给我吃，当然还要剩下点饭给妈妈。

我还记得小时候，我和弟弟一起去幼儿园，妈妈给弟弟用灶膛里的火炖一大茶缸的米粥带着，我就是在旁边看着，等弟弟喝饱了，剩下的我再喝。然而弟弟的肚子很大，很能吃，一大茶缸的米粥，弟弟全都喝光了。妈妈只好充满歉意地，像模像样地刮刮缸底儿，喂小半勺米汤安慰我，那我喝着还好香呢！

而现在我看着小侄子吃饭，妈妈一样是让我等着，可我的心里并不着急，也不觉得委屈了，对孩子的疼爱让我觉得自己饿着肚子，能让孩子吃饱饭也是幸福和满足的！

2008年8月8日　星期六　多云

每天，妈妈带我到医院输液的时候，妹妹自己一个人在家里，也跟着遭罪，她要保持一个不变的姿势一动也不动地坐一整天，等到晚上我输完液，妈妈推我回到家里，才能给妹妹动一下腿，靠一靠她倚着的枕头，而妹妹这时候最着急的已经不是硌得酸疼的腿，而是捂住肚子大气都不敢喘地说要去厕所……

看到妹妹忍得那样难受，我心里很不是滋味。我们在医院里感觉难熬，妹妹在家里也不好过，她一样吃不上饭，也不敢喝水，呆呆地坐在床上，从早上一直等到天完全黑下来。

今天，妹妹打了三次电话给妈妈，每次都只是问我好点了吗？还有多少药没有输完呢？妈妈念叨说："这肯定是憋不住想去厕所了。"

我劝妈妈回家抱妹妹去厕所，妈妈犹豫着问："你自己在这儿，行吗？"我说行。妈妈犹豫着，她临走时指着病房墙上挂着的钟说："把输液的速度调慢点，你看着点时间，妈争取一个半个小时就赶回来。”我安慰妈妈说：“没事，我能挺住，”

妈妈一百个不放心地走出病房，我在后面安慰妈妈说：“妈，你别急，我没事啊！”

看着妈妈急匆匆的身影消失在走廊那边，病房里忽然变得出奇的安静，静得人心里都空了。

我深呼吸了一口气，我知道我必须学会自己照顾自己，因为在妈妈赶回来之前，我没有人可以依靠和求助。

时间一分一秒地过去了，我扎着针的胳膊在轮椅扶手上放得时间太长了，硌得酸疼酸疼的。我自己动不了，好盼望妈妈能快点回来帮我一把啊！

我不断地吃力地侧头去看挂在墙上的钟，表针走得好慢啊！一个半小时就像一个世纪那样漫长。

一会儿，护士进来给我换药。她端着手里的托盘，惊讶地瞪大眼睛问：“这护理的呢？你家大人呢？”不等我回答，她又说，“她怎么可以离开呢，把你自己一个人留这儿啦？”我告诉护士：“我妈回家照顾一下妹妹去了，我的妹妹也坐在轮椅上不能动。”

护士用充满同情的眼神看了我一眼，那眼神让我感到有些难受。其实，我告诉她这些，我要的不是她的同情，我是希望她不要误解我的妈妈，不要责怪妈妈啊！

妈妈终于赶回来的时候，我已经输到第三瓶药了。妈妈的胸口不停地起伏着，鼻尖也冒着细密的汗珠，不等我开口，妈妈就体贴地帮我动动腿，又动动胳膊。

我装做若无其事的样子，让妈妈坐在旁边的椅子上歇会儿，可妈妈不放心，她给我活动完胳膊和腿，又仔细地查看输液瓶和输液管里的药液流得正常吗？再看看我手背上的针头，别滚针咯……

呵！妈妈，她的两个女儿，一个在医院里，一个在家里，都不能动，都需要她的照顾，她柔弱的肩膀上就像挑着两座山，很沉，很累，却不能放下，也不愿放下，每天她都在咬牙坚持，坚持着……往前走！

正是有了这份母爱的支撑，大曼才再一次战胜了死亡，再一次以羸弱之躯——与命运对垒！

第七章

母亲的为人之道

月季花还活着

还差四天就过年了，大曼终于病好可以出院了。

同病房的医生和护士都忍不住感叹：“这孩子多亏了她妈呀！”

“到啥时候都得是当妈的好！”

“对啊！当妈的就是没有那份狠心。”

母亲被夸得很不好意思，她有些难为情地笑着说：“天底下当妈的都一样啊！”

母亲让大曼向医生叔叔和护士阿姨道谢。她用网兜把零零碎碎的东西装起来，又把病床上的被子整理好，然后，给大曼穿上出门的大棉袄，围上大围脖。

大曼听话地依偎在母亲的怀里，这一场大病，让她更加依恋母亲，也更离不开母亲的照顾了。她觉得自己比弟弟妹妹都幸福，因为有母亲在身边日夜不离地守护着她。

啊！她终于可以逃出这间病房了！她情不自禁地对着每一个人笑，对着病房门口笑，对着医院长长的走廊笑……

大姨父用单位的汽车把大曼从医院拉回家里。回来的路上，母亲又顺道去外祖母家接回了弟弟和妹妹。大曼生病的时候，外祖父让舅舅把弟弟妹妹接到了家里，一直是外祖母在精心地照顾他们，还要给医院的大曼做病号饭。正是有了外祖父和外祖母的关心和帮助，母亲才能安心地在医院里照顾好大曼！

大姨父帮母亲把大曼和妹妹抱进屋里，又急忙开车赶回单位去上班了。

大曼和妹妹坐在炕沿边，眨巴着眼睛，感觉眼前的一切都好破，好陌生啊！

家里因为好长时间没有人住，锅冷灶凉的，到处布满了灰尘，就连吸进鼻子里的空气也让人难以忍受。虽然她们回来的时间正好是中午，明晃晃的阳光照进屋里显得很亮堂，但屋里一点暖和气儿也没有，身体刚一挨着炕沿，浑身就被冰得直打哆嗦，冷得入骨。

这时，调皮的妹妹不安分地扭动着身子往炕里看，忽然，她伸着小手指着炕头喊："大姐！你看，月季花哦！"

大曼顺着妹妹小手指的方向看去，只见临走时被母亲放在炕头的那盆月季花——它居然还顽强地活着！

月季花被母亲用透明塑料布包裹得严严实实的，放在炕头上，这是家里唯一的一盆花，她是母亲养在窗台上的一道风景，是陪伴曼曼们待在小屋沉闷而枯燥的日子里的一座小"花园"。那天去医院太匆忙了，家里什么都没来得及收拾，但母亲还是抓紧时间把月季花用塑料布包裹好，放在了炕头上。虽然家里半个月没动火了，炕面是冰凉的，但炕头的位置很好地躲避开了窗子缝隙吹进来的凉气，月季花光秃秃的枝干上此刻竟然冒出了几片深红色的小芽儿。

那些小芽儿嫩绿的叶子像小花瓣儿一样，羞涩而胆怯地卷曲着，或许她们怕冷吧，所以瑟缩着还没有来得及完全舒展开身体。不过，她们顽强的生命力给这间冰冷的屋子里注入了一丝春天的气息，也增添了一种要过新年的喜庆。

“妈妈！你看，月季花没冻死，她都发芽啦！”妹妹一边喊母亲来看月季花，一边快速爬到炕头，伸手一把扯掉了月季花身上裹着的塑料布。

母亲摘下头上的围巾，把它挂在墙上的衣服钩上，然后转身走过来，弯腰仔细地看了一眼月季花，也高兴地说：“哎呀！可不是嘛，真发芽了啊！好哇！这说明你大姐的病好了，咱家的日子也该好过啦！”

听了母亲的话，大曼看着月季花，也情不自禁地抿着嘴角，笑了。

劈柴禾烧炕

母亲把妹妹抱回到炕沿边，让她老老实实地跟姐姐坐在一起，不要动，然后转身去厨房打水擦炕。就听母亲在厨房说：“哎呀！这缸里的水都被冻成冰了呀！”

弟弟东海急忙跑出去看热闹，又紧跟着端着脸盆的母亲走回里屋。母亲拿起柜子上的暖瓶晃了晃，勉强从里面控出一点已经冰凉的水，将就着洗了洗干巴得像一张大煎饼的抹布，然后擦干净炕席，铺上了褥子。

母亲把冻得哆哆嗦嗦的大曼和妹妹抱进被窝里躺下，弟弟东海也随后自己钻进了被窝里。母亲给他们掖好被子，嘱咐孩子们说：“你们老实在被窝里躺着，妈去劈柴火烧炕啊！”

大曼他们捂着冰冷的被子，听着母亲在院子里用大斧“咣当”“咣当”地劈柴的声音，地动山摇似的，他们觉得母亲的力气好大，好能干啊！

不一会儿，母亲抱着一大堆柴禾开门走进来。虽然母亲才出去十几分钟，但母亲的围巾上面已经是一层厚厚的白霜了。

母亲一边缩着肩膀，搓着冻僵的手指说："好冷啊!"一边蹲下身往灶膛里一块一块地填柴禾。

因为好多天没烧火了，冬天凉气又太大，灶膛里很潮湿，怎么也点不着火，而且还直往外冒黑烟。

母亲蹲在灶膛边，拿起墙角立着的扫地笤帚，不停地扇从灶膛里往外冒着的一股股浓烟。母亲被烟呛得不住地咳嗽着，眼睛也呛出了眼泪，她用棉手套揉揉眼睛，继续弯着腰忙活着，直到终于把火点着了，母亲才站起身来。

这时屋子里已经满是烟雾了，浓烟从低处打着转往上升，变成一个又一个圆圈圈。母亲怕烟再呛着大曼姐弟，尤其是大曼的肺感染刚好，闻到烟味很容易再咳嗽起来，她赶快走过来拿起一床棉被把孩子们的头给蒙上，只留下一条窄窄的小缝儿让他们喘气。在母亲给大曼蒙头的一瞬间，大曼看见母的手背上裂满了小口子，上面还往外渗着血……可母亲毫不关心自己的伤口，她一边快步跑过过去敞开屋门往外放烟，一边不放心地嘱咐他们说："你们盖好被子忍一会啊，一会就好啦！要不再冻着我们就没法过年了啊!"

听到母亲的话孩子们不敢乱动了，乖乖地趴在被子底下等着。可等了一会儿实在是憋得受不了了，又忍不住把被子的缝儿掀得大一点，偷偷地探出头看屋子里还有烟吗，但扑面而来的凉气把他们冻得一哆嗦，他们吓得又急忙把头缩进了被子里。

母亲着急地看看孩子们，又抬头看屋子里的烟雾是不是放得差不多了，嘴里还不住地安慰他们说：“你们再忍一会啊！妈关上门，你们再等一两分钟，屋里不这么冷了，你们再把被子掀开。”

“嗯哪！”“知道了！”“妈妈，快点哦！”

三个孩子参差不齐地答应着。

好不容易把屋子里的烟放干净了，母亲终于关上门给他们掀开了被子。

虽然已经烧了半天的火，可屋里还是好冷。不过，孩子们听到灶膛里柴禾发出的“噼里啪啦”的响声，闻着铁锅被烧热的铁锈味儿，看着母亲在地上忙碌着的身影，他们心里热乎乎的别提多高兴了！

呵！回家的感觉真好啊！

水果罐头

母亲给大曼和弟弟妹妹们洗完澡，天已经黑了，家里又停电了。

母亲点着蜡烛在外屋洗衣服。大曼和弟弟妹妹们躺在温暖的被窝里眨巴着眼睛，听母亲“哗哗”的撩水声和在洗衣板上有节奏的搓洗衣服的声音。大曼始终没有告诉妹妹，她的心里一直藏着一个秘密，她的秘密就在母亲放在箱子上的那个花布兜里。

大曼多么盼望母亲能快点洗完衣服，好能进屋把花布兜拿给她啊！她想给妹妹一个惊喜！

不知过了多长时间，她听见母亲站起身挪动板凳的声音，她紧绷的心松了一口气，母亲终于洗完衣服了。端着灯台走进里屋。母亲如她所愿，把放在柜子上的花布兜拿到了炕沿边。

“妈妈，兜里有什么啊？”妹妹好奇地眨巴着小眼睛问。

“这里面都是罐头！”大曼得意地告诉妹妹。

大曼生病的时候，舅舅和姨妈去医院看望她，给她买了好几瓶水果罐头。大曼病重的时候吃不下任何东西，这些罐头都攒着。等她病好一点了，有胃口想吃东西的时候，她又舍不得吃水果罐头了，她想留给弟弟妹妹们吃。母亲平时连一个苹果都没有钱给他们买，现在好不容易有水果罐头吃了，她不想自己“独吞”了，她知道弟弟妹妹们一定好馋，好想吃的。

在医院的时候，每当想到自己能给弟弟妹妹们带好吃的回家，大曼的心里就感到好开心，甚至还有一点点激动和得意。

饿了，没有钱买饭的时候，大曼就看着水果罐头，想象弟弟妹妹们看到它的时候，那种高兴劲儿，他们一定会雀跃着欢呼，然后，一小口一小口地和她分享着吃，那该有多好，多开心啊!

这给了大曼忍耐饥饿的信心和勇气。

但是，回到家里以后，母亲一直忙着干活儿，她整理了所有从医院里带回来的东西，却始终没有打开过装水果罐头的花布兜。母亲不打开，大曼也不敢说，只能耐心地等着。

此刻，她看着母亲终于解开花布兜，把装在里面的水果罐头一瓶一瓶地拿出来，放在土炕上。昏暗的烛光下，黄澄澄的橘子罐头和翠绿色的苹果罐头，还有深红色的山楂罐头，看着是那么的鲜艳，清凉和甜润，让人有一种忍不住想要流口水的感觉……

大曼好期待母亲能去厨房拿来菜刀，立即启开一瓶水果

罐头给她和妹妹吃。她还兴奋地想，等明天早上，弟弟醒来看到家里有这么多水果罐头，他一定会非常高兴，非常激动的！

可是，母亲犹豫了一下，她数了数，一共6瓶水果罐头。她把水果罐头两瓶一对，两瓶一对地并列排开，然后退后一步，满意地看了看，又一瓶一瓶地把水果罐头重新装回到了花布兜里。

“妈！”大曼小声地和母亲商量，“启开一瓶给妹妹吃吧？”

妹妹仰着小脸，充满期待地看着母亲。

母亲小声地，充满歉意地说：“要过年了，妈得去你大姨和四姑家串门呀！你治病把钱都花光了，这几瓶罐头就当礼份子串门用吧，等妈有钱了再去小卖店给你们买来吃啊。”

大曼一愣，这个，她从来也没有考虑过哦！

是啊，快过年了，母亲得去亲戚家串门的。平时母亲会买点糕点串门用，可今年自己生病住院把钱都花光了，这些罐头如果给她和弟弟妹妹吃了，母亲拿什么去亲戚家串门呢？

虽然父亲不在了，但母亲每到过年过节，还都是要去亲戚家串门的，对亲戚这一年给予的帮助表示一份感激和感谢。父亲生前朋友家的老人，母亲也要去探望一下，母亲说：“叔叔阿姨对我们不错，你爸不在了，家里拉个烧柴啥的人家都帮说句话，咱得懂得感激啊！”

大曼从心里舍不得母亲把好吃的给送人，但她已经懂事

了，能听懂母亲话里的意思。此时此刻，听母亲这样一提醒，她就像一个做错事的孩子一样，脸红了，好烫，好烫！

大曼充满歉意地看一眼妹妹，好怕妹妹会哭，可小曼可怜巴巴地眨巴着小眼睛，（如果是弟弟，他一定会哭的），艰难地咽了一下口水，然后，她出人意料地装出一副满不在乎的样子，迅速地躺回到了被窝里。

母亲硬着心肠把装着水果罐头的布兜放进箱子里，盖好箱盖。大曼注意到母亲吹灭蜡烛的一瞬间，用手捶着自己的后腰痛苦地皱了一下眉头，然后艰难地爬到炕上，小声地“哎哟，哎哟”了几声。在那一瞬间，大曼心里所有的不甘心和不愿意都烟消云散了，她已经不馋水果罐头了，她甚至为自己能节省下这些罐头帮母亲分担生活的重担，而有种自豪感。

母亲，她真的很不容易啊！

被送回去的猪肉

早晨，母亲正站在炕上叠被子，大曼和弟弟妹妹们在被窝里打闹，忽然，就听见“咣当”一声大门响，有人叽叽喳喳地走进院子。外屋的门随即被推开了，只见邻居家的两个十六七岁的姐姐来还昨天借的饭盆了。她们站在外屋门口，隔着小窗的玻璃对里屋炕上的母亲说："徐婶！盆用完了，我妈还给弟弟妹妹们割了一块猪肉，给您放这儿了啊！"说完，邻居姐姐把盆放在烧着热水的锅台上，就转身回去了。

母亲急忙下了炕趿拉着鞋去送邻居姐姐们，可等妈妈推开屋门时，她们已经关上大门走出院子了。母亲只好转身回来。她端起锅台上的那个盆看了看里面的肉，表情忽然变得严肃起来，对着里屋眼巴巴地看着她的大曼姐弟说："你们先在被窝里躺会儿，妈把这肉给大娘家送回去行吗?"

大曼和弟弟妹妹们听了母亲的话都很不高兴，为什么要把肉给大娘家送回去呢？但当他们看到妈妈一脸的严肃，又不敢反对，只好不舍地央求母亲说："妈，我想看一眼肉!"

"妈妈，让我们看看肉好吗?""妈妈！我要看一眼嘛!"

母亲只好把肉端进里屋，三个孩子伸长脖子往盆里看，只见一块儿月牙形的猪肚皮肉平铺在饭盆里，占据了半个饭盆的位置，凸凹不平的肥肉包裹着一点点红色的瘦肉，拐弯抹角的似乎拧着劲儿，看着好别扭啊！母亲为了让孩子们能看得更清楚一些，她伸手用指尖儿把肉提起来给孩子们看，孩子们惊讶地发现猪肉切的好薄啊，迎着窗外的阳光，有的地方都透着亮呢！而且猪肉皮上还挂着一个深红色的猪乳头，也好像失去了水分，耷拉着"脑袋"，让人看了很不舒服。

母亲说："这肉妈给大娘家送回去！咱家虽然穷，但不能吃别人的东西，这样会让人看不起的。你们馋想吃猪肉，

等妈开工资了去给你们买啊!”

大曼和弟弟妹妹们懂事地点点头，对那块带着乳头的猪肉一点也不感兴趣了，又重新躺回到被窝里。

母亲扶着门框提上棉鞋跟，穿着小棉袄，没有包头巾就去还肉了。

自从父亲去世以后，父亲生前的朋友和亲戚都不敢和我们家来往了，邻居也总躲着这个家，只有邻居大娘家还跟从前一样对我们好，哥哥姐姐也会跟大曼他们在一起玩。每当家里有什么活母亲干不动的时候，大爷和大娘还会过来帮忙。为此，母亲经常会送些瓜子和黄豆呀什么的给大娘家，用微薄的“礼物”向他们一家表示内心的感激。

大曼记得以前自己家的大门是向西面开的，大娘家的院子前面有他们家半个院子。后来有一天，母亲忽然把向西面延伸的院子边上堆的柴禾都抱到到院子里头来了，又让舅舅帮忙把大门挪到了正南方，把西面那块好大的院子连同木板钉的栅栏都送给了邻居大娘家。

虽然带着猪乳头的肉让人看了很不舒服，但是，大曼还是想不明白，为什么母亲可以送大娘家院子，却不能吃大娘家的肉呢?

母亲送猪肉回来，好像完成了一件大事，她给大曼和弟妹妹们穿好衣服，又把被子整齐地叠好摞起来，用抹布擦干净炕面上的灰尘，盛米粥给孩子们喝。大曼发现母亲干活变得比以前更有力气了，好像母亲刚才不是去还猪肉的，倒像是去还债了一样。

大曼仰着脸小心翼翼地问母亲:“妈! 为什么我们家能把院子给邻居大娘家,可是,我们却不能吃大娘家的肉呢?”

母亲咬着一根咸菜丝儿,平静地说:“大娘家帮咱们不少忙,咱没什么回报人家的,她家一直想开正门(南门),咱把那块院子让给他们,也算还人家一个人情了。做人要懂得知恩图报,你姥爷就常说‘滴水之恩当涌泉相报’,咱家不能让人觉得没有你爸了,我们贪便宜,不懂得感激啊!”接着,母亲又说,“但人穷志不能短,咱们不能因为给了人家地方,就指望吃人家的猪肉,那样会被别人看不起的,知道吗?”

听了母亲的话,大曼才明白母亲为什么要把肉送回去了。虽然母亲开门出去抱柴禾的时候,她和弟弟妹妹们能闻到从那院飘过来的杀猪菜的香味,还能听见那院儿热热闹闹请客的声音,但是,她和弟弟妹妹们都努力装作很平静的样子,用小手端起花瓷碗起劲儿地“呼噜”“呼噜”地往嘴里吸粥喝,似乎这样做能帮助她们不想肉吃。

大曼能理解母亲的做法了。他们家没有欠别人人情,就意味着他们家和别人家是一样的,拥有平等的……“身份”。

这种在疾病与贫寒中仅有的尊严感,让大曼出院回家以后的第一个早晨,过得格外快乐温暖!

第八章

与疾病抗争

意外扭伤了脚

姐姐的病终于好了，一家人又过上了安稳平静的日子。

小曼觉得最幸福的事不是物质多么富有，而是一家人在一起，各自做自己喜欢的事。

小曼和姐姐面对面坐着各自的小床上，闷头用电脑写作。小曼手“噼里啪啦”地敲击键盘写作，姐姐的手已经打不动键盘了，就用鼠标敲击电脑里的软盘，“嘀嗒嘀嗒”……母亲在屋门口“哗哗”地撩水洗衣服，再没有什么比这么安详平静的日子更让人感觉心里踏实和幸福的了！

“妈！”小曼忽然小声地对屋外喊，“我想上厕所！”

每次上厕所，小曼和姐姐的心里都好内疚，觉得自己这么大了还要母亲抱她们解手而感到难为情和过意不去……母亲好像很了解女儿们的心情，她很痛快地答应说：

“你等下，妈这就给你弄啊！”

说着，母亲把手里的脸盆放到外面的台阶上，然后返身快步走回屋把门关上锁好，又把窗帘严严实实地拉上，才手

脚麻利地把立在墙角的坐便椅撑开。小曼的腿不能动，外面的公厕去不了，屋里又没有卫生间，因此，她和姐姐只能用坐便椅解决难题。

母亲走到小曼的床前，先扶小曼躺下，用一条长布头绑住小曼的双腿，然后把胳膊伸到小曼的身底下扶她的上身靠着自己的胸口坐起来，她的两条胳膊顺势环抱着小曼，去提捆在她腿上的布带。因为拼尽全力抱起沉重的女儿，母亲粗糙的手上青筋都暴跳了起来。母亲就这样像抱着几个月大的婴儿解手一样，抱着小曼一步一挪地走向坐便椅。母亲每往前挪一步，小曼都能感觉到她粗重的喘息声……母亲用左侧的膝盖顶着小曼的腰，不让小曼掉下去，而小曼无力的双腿也随着母亲每迈一步而左右摇晃着……

当母亲放小曼在坐便器上坐下时，小曼右脚的小脚趾一下被坐便椅的夹缝给卡住了——

对于常人来说，这时也许只需要轻巧地动一下脚腕或是勾一下小脚趾，小脚趾就能很容易地从夹缝里抽出来了，可小曼的双腿无力地垂着，她没有力气支配自己的腿和脚，随着母亲习惯性地用力一抬一推，想帮她把腿垂下去时，她的小脚趾被用力一掰，就听“嘎嘣”一声响——一阵钻心的疼痛让她忍不住失声尖叫起来：“啊……疼！妈妈！我的脚疼！”

“妹妹的脚被夹住了！”姐姐大曼看见了，急忙大声地提醒母亲。

母亲这才发现小曼的脚趾被卡住了，她慌忙把小曼从坐便器上抱起来，只有这样，小曼的小脚趾才能顺利地从坐便器的夹缝中抽出来。母亲连抱带拖地把小曼又弄回到了小床上，并急急地检查她的脚趾伤得怎么样？

小曼蜷缩着坐着，已经顾不上自己衣衫不整了，只是一味地用手护着自己的右脚，不让妈妈碰她。剧烈而钻心的疼痛让小曼有一分钟都无法发出任何声音，只是沙哑着嗓子……哭！

焦急的母亲硬是掰开小曼的手，小心翼翼地查看她的脚趾……

小曼透过模糊的泪水看见自己的右脚已经在一瞬间就肿成了一个大馒头，因为皮下出血的缘故，五根脚趾有三根变成了黑紫色，好吓人啊！

母亲回头对大曼说：“你快给东海打电话，看他下班了吗？回来好送你妹妹去医院。”

“不！我不……不去……医院！”小曼哭得泣不成声地说。虽然她感觉小脚趾好像骨头被掰断了一样，疼得她浑身直打哆嗦，但理智还是让她阻止姐姐给弟弟打电话。

她不去医院，她不能去医院，妈妈这个月的退休金都要花没了，可眼看就要交下个月的房租了，家里哪有多余的钱给她看病啊！她和姐姐生病不是没去过医院，药费那么贵，她们怎么能看得起?!

“这不去医院哪能行啊?”母亲发愁地说，但显然她自己也为医药费发愁。她转身手忙脚乱地去翻抽屉，在里面找了半天也没找到治疗扭伤的药，最后母亲干脆把抽屉拉出来端到对面大曼的大床上，让大曼帮忙找。

母亲一边倒水喂她吃药，一边唉声叹气地嘟囔着："唉！咋还把脚扭成这样啊！啥呀，我就惦记外面的衣服晒干了，不捡回来再让风给刮跑喽。"又说，"要是早上给你们穿上袜子就好了，有袜子滑溜，脚趾也不会被卡住啦。以后你们可得穿袜子了，别尽顾着过日子留着不舍得穿了！"

小曼听话地吃了母亲喂给她的止痛药，又躺下休息了，但脚趾的疼痛一点也没有因为吃了药和不活动而减轻。经过最初撕心裂肺的拉伤之后，小曼的心理和肉体还处在巨大的痛苦当中，浑身瑟瑟发抖。她用牙齿拼命地咬着嘴唇，急促地喘息着，尽量忍住眼眶里的泪水不让它再流出来。

小曼知道，她不能再哭了，她越哭母亲的心里就会越难过，她就越感到自责，她不能让母亲为自己太着急上火啊！

她必须忍住，她要表现得坚强一点。

可她的脚……她疼得受不了了啊！

十分钟翻一个身

晚上，小曼没吃饭就躺下了。睡到半夜，她又被脚伤给疼醒了。火辣辣的疼让她浑浑噩噩地睡得很不踏实，而因为长时间保持一个姿势，她的肩膀和胯骨底下也被硌得又酸又疼，好难受哦！她轻轻地哼了一声，犹豫着想叫母亲起来给自己翻身，没想到对面床上的母亲已经被她吵醒，她一边摸索着下床，一边说："硌得疼了吧？妈给你翻身。"

黑暗中，母亲像往常一样站在床边给小曼翻身，她的手因为干活太多磨出了厚厚的老茧，那些老茧就像小刺猬一样扎得小曼的皮肤又疼又痒，感觉很不舒服，但母亲的动作却好轻、好柔。她先托起小曼的右腿，帮她把受伤的脚离开褥子，不让任何东西碰那只脚，然后腾出另一只手来给小曼翻身。

小曼"啊"地叫了一声，虽然她的脚在空中没有碰到任何东西，但因为腿上的关节一活动，牵扯到了脚上的神经，脚踝和脚趾还是传来钻心的刺痛。

母亲吓得立即停止了动作，不敢再给小曼翻身了。她托着小曼的腿不敢放下，也不敢动，就那样停在半空中，等待小曼的脚适应了改变姿势所带来的疼痛的刺激之后，母亲再一丁点、一丁点地在空中小心翼翼地往另一个方向移动她的腿……

母亲一边给小曼缓慢地翻身，一边柔声地安慰着女儿说："不疼！不疼！妈慢慢给你翻身啊！"

小曼皱着眉头，用左面的小虎牙咬着下嘴唇，用力往嘴里吸气，似乎每吸进一口凉气，就能帮助她减轻一点痛苦。

可是，时间已经过去好半天了，母亲才帮她把身体勉强挪动了一点点，疼痛和困倦让小曼感到烦躁和焦急。她"哼哼"着刚想发脾气，一低头，昏暗的月光下，她看见母亲也困得耷拉着脑袋，已经累得站不住了，只能附身蹲下来半跪在小曼床边的地上，但母亲还借助床沿支撑着她的胳膊肘，双手稳稳地托着小曼的腿……一动不动。

看到母亲困成这个样子，小曼的心一阵紧缩，像是被针扎到一样难受！因为自己，母亲在地上跪了这么久。

母亲已经是62岁的老人了，她身体本来就不好，到了这个年纪，应该是做女儿的照顾她才对啊，可是，她和姐姐还需要母亲来伺候……即使是到了晚上，母亲也不能好好地睡一个整觉，半夜还要起来给她和姐姐翻身，而且，给她翻一个身还要用这么长时间，这么遭罪……

原来小曼还闭着眼睛半睡半醒地等母亲给她翻身，现在看到母亲困成这个样子，她不忍心再这样"享受"了。她睁开眼睛，开始积极地配合母亲的动作，忍耐着疼痛，恨不能一下就把身翻过去。

“妈妈，能动一下了。”她说，“啊……没事没事，再动一下吧！”

小曼虽然疼得满头大汗，身上的内衣也被汗水湿透了，但她还是忍着，母亲加快了给自己翻身的速度，她要尽快翻好身，她要让母亲快点上床去睡觉，她不能再这么只顾自己，再这么自私了啊！

虽然小曼疼得眼泪汪汪的，都要哭了，但她最终还是忍住疼痛配合母亲把身翻过去了。

小曼面向墙壁，听着母亲拖着疲惫的脚步爬上床，床板发出的“咯吱”“咯吱”的响声，她在心里悄悄地长出了一口气。

平时母亲给她翻身只需要用一两分钟时间就能完成，今晚，却用了十多分钟……

小曼想不出除了母亲以外，还有谁能这样充满耐心地照顾她和姐姐，只有母亲才是这个世界上最爱她们的人啊！

想到这里，眼泪顺着眼角，扑簌簌地滚落到枕巾上……

用歌声驱赶疼痛

小曼好不容易熬到天亮了，可脚扭伤的地方比睡觉的时候还要疼。睡觉还能暂时忘记疼痛，可睁开眼睛，每时每刻都被疼痛煎熬着。

她伸手想揉一下肿的像馒头一样的脚面，可手指还没有碰到皮肤呢，一阵剧痛让她不禁全身跟着抽搐……她咬着嘴唇，使劲儿憋住眼泪不让自己哭出来。

不能碰，也无法安心写作，感觉日子一下变得好难熬。

小曼烦恼地坐在床上，她呆呆地看着窗外的天空，为了转移注意力，她轻声地哼唱起一首刚学会的歌："每一次都在徘徊孤单中坚强，每一次就算很受伤也不闪泪光，我知道我一直有双隐形的翅膀，带我飞，飞过绝望……"

刚开始，她还是小声地哼唱，唱了一会儿，她似乎忘记了疼痛，越唱声音越大，越唱也越投入了。

小曼一首接一首地唱着，在歌声里，她仿佛看见了美丽的夕阳，看见了蓝色的大海，看见了飞翔的鸽子，也看见了穿着白色连衣裙迈着优美的步子亭亭玉立的……自己！

呵，多美啊！

姐姐也被她的歌声给吸引得心里痒痒的了，书稿写不下去了，她转过头微笑着看着小曼，也跟着轻轻哼唱了起来。于是，女声独唱变成了女声二重唱，小曼和姐姐美得都笑了起来。

“大姐，我们对唱吧？”小曼提议说。

“唉！我唱不起来了，你自己唱吧！”大曼长喘了一口气。

“哎呀！不行嘛！就唱一首嘛！”她急了，她扭动身子表示抗议，同时扬起脸，翘起下颏，霸道地说：“我写不了东西，也不许你写哦！”

大曼“噗嗤”一声被妹妹给气乐了。她说：“你怎么这么霸道！”说着，就摸起鼠标准备继续写作。

姐姐不陪小曼唱歌，小曼自己唱半天也没意思了，她感觉脚上的伤痛又回来了，而且疼得更厉害了。她“哎呀”一声叫，低头看着自己的脚伤，做出摸又不敢摸的样子，委屈地说：“疼死我了！”

大曼听见小曼叫，果然写不下去东西了，她伸长脖子关心地问：“还疼呢，是吗？我小时候脚踝扭伤过一次，一个多月才好，你这么严重，怎么也得两个月才能完全好！”

小曼借机小声地央求姐姐说：“我们就唱一首嘛！就唱一首《滚滚红尘》好不好？”

“《滚滚红尘》的调太高了，我唱不起来！”说着，姐姐还是放下了鼠标，做好了跟她对唱的准备。

小曼高兴地“咯咯咯”乐出了声，她顾不上疼痛，先自告奋勇地唱了第一段，然后姐姐跟唱第二段，最后她们姐妹合唱第三段，当最后一句："至今世间仍有隐约地耳语跟随我俩的传说"时，歌声慢慢低下去，昏黄的小屋里有半分钟的沉静，然后，突然爆发出小曼和姐姐"咯咯咯"的笑声。她们一边笑，一边意犹未尽地说："真好！"

"我们配合得真默契啊！"

小曼笑着想起小时候，母亲不在家的时候，她和姐姐就是这样唱着歌等母亲回家的。

那时广播里经常播放二人转《梁山伯与祝英台》，她和姐姐天天听，都能把戏文背下来了。每当等母亲回来，等得肚子饿了，等得不耐烦了，为了能让时间过得快点，再快一点，小曼和姐姐就在窗台前学唱二人转解闷。那时，姐姐扮演梁山伯和山伯母亲，小曼扮演祝英台，可每次一唱到祝英台哭梁山伯那段，姐姐就要趁机取笑小曼。姐姐拖着长长的腔调模仿着梁山伯母亲的语气（怪里怪气的）说："孩子呀，别哭啦，人死——不能复生啊！"

惹得小曼大笑不止，总忘了接下一句的台词儿……

现在小曼和姐姐说起这件有趣的事，她们姐妹又忍不住大笑起来。两人还试着又唱了几句二人转，不过真的忘词了，唱不了了。

在秋天的傍晚，姐妹聊坐在病床上，唱歌，说童年有趣的事儿，童年的快乐经历帮助小曼暂时忽略了扭伤的脚趾，似乎也不那么疼了！

我的眼睛

半个多月的时间过去了，小曼扭伤的脚终于见好了，虽然淤血还没有完全扩散开，但浮肿的地方已经开始有些消肿了，如果不碰它的话，也不那么疼了，只是还肿胀得难受。

母亲帮小曼把腿盘起来，然后小心翼翼地扶她倚着枕头坐好。小曼伸长脖子向窗外眺望，窗外的天空就像被水洗过的一样蓝得透明，阳光也金灿灿的好明媚。虽然她们的出租屋面朝西，只有在傍晚太阳要落山的时候，阳光才会充足地照进屋子里，照在床上，照在小曼和姐姐的身上，只有在那时，她和姐姐才能真正地享受一会儿温暖的阳光。不过，因为今天是晴天，小曼的伤见好了，她的心情也特别地好！她似乎觉得窗外金灿灿的阳光现在就已经照进了屋子里，照得屋里的每一个角落都是明亮温暖和快乐的！

母亲帮小曼打开电脑，小曼开始继续写作已经停滞了半个多月的书稿，她纤细灵巧的手指在白色的电脑键盘上轻快地弹跳着，舞蹈着……

这些日子，小曼的脑子里储存了好多灵感，那些灵感像小鱼吐泡泡一样“咕嘟”“咕嘟”地冒出来。随着她的手指在键盘上弹跳出“噼里啪啦”清脆的响声，屏幕上也随之跳跃出一串又一串黑色的小“蝌蚪”来，那些小“蝌蚪”像音乐家笔下的乐符一样，快乐地排着队伍，忽而长忽而短，蹦蹦跳跳地手牵着手，肩并着肩，不一会儿工夫就浩浩荡荡地排满了半个文档。

写了一会儿，小曼感觉累了，她停下打字的动作，长喘了一口气，然后借助小桌子支撑着手臂，向前探起身子，想检查一下自己有没有打错字，也想顺便理清一下思路好继续往下写。可是，她的眼睛却感觉酸涩难受，眼泪不由自主地流了出来，好疼啊！

小曼抬起手使劲儿地揉了揉酸疼的眼睛，想这样也许会好过一点，可无论她怎么瞪大或是眯起眼睛，她就是看不清楚小“蝌蚪”们的笔画。屏幕上分明是黑色的字体，她看着看着就变成了绿色的了。她急忙闭一下眼睛，再睁开时，字又变成了紫色的了。她再睁大一点眼睛，想努力辨认清楚，可小“蝌蚪”们就是紫色的！

小曼苦恼地皱紧眉头，眯着眼睛阅读，可一会儿工夫，她的眼前就慢慢地漂浮起一个白色的点点，点点越来越大，雾蒙蒙的，逐渐扩散，让她看不清楚任何东西了……

小“蝌蚪”们不见了，电脑屏幕也变成了一个灰色的影子。

突然发生的状况让小曼感到十分恐惧。以前看书和用电脑写作的时候，字体也会变色，不只是小曼有过这样的经历，姐姐的眼睛也出现过这种状况。那时她和姐姐还觉得挺好玩的，说自己看见了“彩虹”，嘻嘻哈哈地并没把这当回事，反正过一会儿自己就好了。但完全看不清东西的现象她还是第一次经历。这种感觉和“白内障”应该没有什么区别吧？她心想：“我的眼睛不会是……失明了吧？”

小曼的心紧张得咚咚直跳，呼吸也变得越来越急促了。她的脚扭伤刚见好一点，眼睛又……

不能站起来走路已经够让她痛苦了，如果她的眼睛再看不见东西，那她可怎么看书，怎么写作呀？

不能看书和写作，那她的人生不就……彻底完了吗？

不想躺着等死

“妈！”小曼对着屋外喊母亲，“你能进来一下吗？我想躺会儿。”

母亲听见小曼的喊声，从外面走进来，她一边用围裙擦着湿漉漉的手，一边说：“怎么又要躺着了？我说嘛，你不能总这样盘着腿，脚那儿不活血就不会好！”

母亲小心翼翼地扶小曼躺下。虽然小曼的脚踝已经可以活动一点了，但母亲的动作还是很缓慢、轻柔。母亲帮她枕好枕头，又摆好胳膊和腿，然后给她身上盖了一条大毛巾。

小曼闭着眼睛，一下也不敢睁开。她在心里对自己说："没事儿，我的眼睛歇一会儿就好了哦！只要让眼睛休息一会儿不看任何东西，我的视力就能恢复，一定能恢复的！"

她这样安慰着自己，想让自己睡一觉，可是她又觉得睡觉实在是浪费生命，她还有好多事情没有做完呢，不能写作，不能看书，不能学习，这是一件多么痛苦的事啊！她的心里就像长草了一样难受……

耳边传来窗外小鸟"啾啾"的叫声，自行车车轮在街道上驶过发出的细碎的摩擦声，还有，房东奶奶买菜回来，站在门口和母亲说话的洪亮声音……这些平时已经习以为常的声音，此刻小曼听起来却是这样的亲切。

这些声音也刺激着小曼，她真的没有办法安静地躺下去了，她忽然想："我的眼睛现在不能看东西，可我的耳朵能听声音啊！对！我可以听广播小说，一边休息一边学习写作，这是一件多么幸福和享受的事情啊！"想到这里，她情不自禁地为自己的"聪明"而抿起嘴角笑了。她半眯着眼睛懒懒地央求姐姐大曼说："大姐，我想听小说，我们听《穆斯林的葬礼》吧？"

"行啊！我也正想听呢！"

姐姐很善解人意，她立即停下手上的工作，给小曼打开广播小说。网络听广播效果比听收音机的信号就是好，不受无线信号干扰，非常清晰。小说正讲到新月病危昏迷的那段，播音员用柔婉哀伤的声音叙述着霍达的作品：

> 她意识到自己并没有死去，她还活着，她要活着逃离这个黑暗的世界……黑暗茫茫没有尽头，不知道这条隧道有多长，她不肯停歇地向前爬行。几丝蛛网挂在她的脸上，她听到头顶有蝙蝠扑动翅膀的声音。她欣喜终于遇到了活的东西，要向蜘蛛和蝙蝠问个讯：从这儿离人间还有多远？她失望了，挂在脸上的是自己的头发，不是蛛网；咝咝的声音是自己的喘息，不是蝙蝠在飞动，在这个魔窟里除了她之外没有任何生命！她喘息着停在那里，积蓄着力量，估计自己的血还没有流完，筋骨还没有扯断，她还要向前爬……

眼泪顺着小曼的眼角一颗接着一颗地缓缓流下，流进她的头发里，再顺着头发淌在了枕头上……小曼想起自己和姐姐病重的时候，就经历过新月所经历的这种垂死的挣扎。

那年，小曼患格林巴利综合征，浑身失去知觉，母亲把她送到医院救治。她的病房离太平间很近，医院里几乎每天都会有病人死去，她常常在睡梦中被窗外传来的凄厉的哭号声给惊醒。送葬的人不愿意自己的亲人离去，可无论他们哭得怎样声嘶力竭地动山摇，他们的亲人都听不见了，永远听不见了，死亡让一个鲜活的生命就此结束，从此对人间的喜怒哀乐再无感知……

小曼常常会跟着他们一起哭。那是她长大后第一次看到死亡，第一次目睹生离死别的哀痛。

而姐姐大曼21岁之前的每年冬天或春天，都会生病住院，每次都要经历一次病危……

病魔每一天都在一点一点地吞噬着她和姐姐的身体，她们没有力气抗争，却还要抗争，她们没有力气反抗，却还要反抗，因为她们不想死！不想什么也没做，什么也没来得及体验就离开这个世界，离开自己最爱的亲人啊！

此时此刻，新月垂死挣扎的痛苦再一次刺痛了小曼的心，让她的心脏一抽一抽地疼。她的喉咙里像是塞进了一块棉花堵得慌，眼泪也止不住地汹涌而出。她再也躺不下去了，她吸吸鼻子，努力平静自己的心情，悄悄地擦干眼泪，然后对着屋外喊：

“妈，妈妈！我……我要坐起来！”

闭着眼睛写作

母亲扶小曼重新坐起来，给她倚好枕头，又把小木桌搬到她面前，帮她把电脑键盘放在桌子上，小曼开始继续写作。

她的视力还没有完全恢复好，眼睛看周围的东西还都模模糊糊的很不清楚，不过那个可怕的、变来变去的白点点已经不见了，这让她心里多少有了点安慰和信心。她先闭上眼睛，深呼吸，在心里对自己说："曼，你不想躺着等死，是吧?"

"是的!"

"你不想就这样输给命运，是吧?"

"是的!"

"好！那你现在就发挥自己身体里的其他功能，开始写作吧!"

"是!"

小曼睁开眼睛，就像一个准备好要参加战斗的勇士一样挺了挺脊背，然后，侧目迅速地扫一眼电脑屏幕上刚才写了一半的书稿，再急忙闭上眼睛，凭着感觉用手指尖"抚摸"

着键盘上的那些小小的“豆腐块”，小“豆腐块”们一个挨着一个整齐地排列着队伍，它们小巧而轻快，平时在她睁着眼睛打字的时候，她会觉得小“豆腐块”们不太听话，略显坚硬，有时手不好使甚至好难按动它们。可现在闭着眼睛打字，她根本分辨不清它们谁是谁？忽然觉得它们都好轻好轻啊！手指一不小心抬得不够利索，就很容易碰到旁边的“豆腐块”，屏幕上就会蹦出别的字来。小曼努力把注意力集中在手指尖上，凭着指尖的记忆寻找着它们，降服着它们，同时还侧耳倾听着自己敲击键盘的声音，脑子里也在迅速地思索着要表达的感情和语言。

小曼从来也不知道，声音对于一个看不见的人来说是如此的重要。它能帮助人提高第六感官的判断力，帮助她触摸到她想要的按键。而她也从来没发现过她的手指尖儿竟是这么的灵活，她的大脑思路竟是这么的敏捷，它们彼此配合得是这么默契！

她的灵感又开始“小鱼吐泡泡”啦！

小曼写着、写着，大概写了半页书稿的样子，她终于忍不住睁开眼睛去看电脑屏幕了——她惊喜地发现除了几个标点符号点错了以外，书稿内容竟然一点问题也没有，可以说是语句通顺，段落清晰，而且文字满满地排了电脑的整个屏幕，足足有 506 个字！

小曼兴奋而激动地抿起嘴角，笑了。

只看了这么一小会儿，她的眼睛就又开始酸疼酸疼的了，电脑屏幕释放出来的强光刺得她的视线又模糊不清起来。她慌忙闭上眼睛休息一下，休息一下，好继续写作。

小曼听见母亲进来打水的声音，母亲关心地问她：“又累了吧？要不再躺下歇会吧？”

小曼急忙睁开眼睛，装作很轻松的样子笑笑说：“我不累，我在构思稿子哪！”

等母亲打好水出去洗米了，她重新闭上眼睛，等慢慢平复心情，不那么紧张害怕了，眼睛也不那么酸疼了，她又开始打字。不过，这回她不太安分于一直闭着眼睛了，她悄悄地睁开眼睛，不看电脑，而是看着屋子别处的景物打字。

墙壁、轮椅、门框、窗帘，这些五颜六色的东西缓解了她视觉上的压力，让她的眼睛得到了“滋养”。当她再偶尔收回目光看下电脑屏幕的时候，眼睛的视力也恢复多了。

小曼用手指摸索着，用心思考着，用身体感觉着，用耳朵倾听着，写着。刚才因为听小说里新月病危时垂死挣扎的感受，而回忆起从前自己经历死亡的痛苦，在慢慢地一点一点消退，她的心情也随着对写作投入的热情而逐渐变得轻松和快乐了起来。

啊！原来用感觉写字也是这么快乐哦！

虽然病魔吞噬着小曼的躯体，她的身体有百分之八十都不能动，眼睛也出现间歇性失明，但她的手指还能打字，她的耳朵也能听见声音！她还能通过调动身体里其他部位的功能而继续写作和学习。那么，她还有什么可感到恐惧和害怕的呢？

小曼忽然觉得，她不应该为自己失去的健康而自哀自怜，而是应当为自己眼前还拥有着的一切而感到庆幸和感恩才对，是吧？

黑暗茫茫没有尽头，小曼像新月一样在生命的隧道里向前艰难地爬行，不同的是，新月想重返人间，而小曼就在人间，她要用自己一颗感恩的心燃生命的烛光！

这饭还要不要吃

病情的不断恶化，让小曼和姐姐不只是眼睛出现了问题，就连吃东西和说话也变得很困难了。

今天是小曼的生日，母亲把一个剥掉蛋皮的鸡蛋递到小曼的手上，嫩嫩的蛋清拿在手里好可爱哦！她狠狠地咬了一口："嗯！好香啊！"

她真的是饿了，早上没吃饭，到中午已经饿得发慌，手也跟着直哆嗦，看见饭菜就特别的亲，恨不能一口就把鸡蛋给吞下去。

母亲叮嘱小曼说："小心别噎着！还烫呢！"

"妈妈，不烫！"小曼口齿不清地回答母亲，不过，她很快就放慢了咀嚼的速度，同时不由自主地低下头，假装查看自己的裙子上有没有掉蛋渣，借此掩饰自己抬不起头的尴尬。

那口鸡蛋含在嘴里，她还没有来得及咽下呢，不是因为她咬得口太大了，也不是太烫的缘故，而是她的脖子忽然没有力气支撑住自己的头了。她好累啊！

小曼感觉自己疲惫得就像一个人干了好多活儿，已经没有力气再干活了一样，她张不开嘴咬东西，硬填进嘴里的饭，也没有力气咀嚼和吞咽……她低着头，看着自己的胸口一起一伏地喘息。为了不让母亲他们看出她没有力气吃饭的尴尬，她漫不经心地看着自己的裙子的颜色和褶皱，想等自己积攒一点力量了，再抬起头继续吃饭。

“噎着了吧？快喝一口汤顺顺啊！”

母亲端来一碗米粥要喂给小曼喝，却被小曼歪着头给拒绝了。母亲只好把米粥放到她面前的小桌子上，叮嘱她一定要喝一口米粥再吃鸡蛋。

小曼没说话，低着头嗓子眼都被堵住了，根本无法发声。这种好累好累的感觉已经出现好长时间了。她不只是浑身没劲儿，让她苦恼的是她的脖子支撑不住头，而且舌根有时还感觉发硬，说话、咀嚼和吞咽都好困难啊！这使小曼不禁想起很多年以前，她在网上看过一篇医学文章是介绍她和姐姐患的这种病的。文章里介绍说“进行性脊髓肌萎缩”这种病的临床表现不仅是四肢残疾，生活不能自理，最后还将导致吞咽食物困难，呼吸肌麻痹窒息……死亡！

凭借她对自己身体状况的了解和病情不断加剧恶化的体验，她毫无疑问地知道自己和姐姐的病情已经是发展到了晚期……

是的，她们姐妹的病情已经发展到了晚期！那么，从此以后，她们不只是要克服一切心理障碍接受自己患这样一种可怕疾病的事实，更要考虑该怎样克服晚期症状带来的痛苦和“麻烦”！

——如果，她们不想让自己死得太狼狈的话，那么，她就只能让自己活着的每一分钟都更有尊严，这种尊严的方式和方法就是尽量让自己接近健康人一样正常的……吃饭！

歇了一会儿以后，小曼攒足一股劲儿，她抬起头，一边抓紧时间咽下嘴里的那口鸡蛋，一边装作好轻松的样子对母亲说：“我刚才没噎住了，我就是想歇会儿再吃！”

小曼把吃鸡蛋分为两步，她先咬一口鸡蛋咀嚼几下，然后低下头休息一会儿，再支起头小心翼翼地吞咽下去……一个不大的小鸡蛋，她却足足花了20多分钟的时间吃完。

这时，母亲他们已经快吃完饭了。小曼犹豫地看着面前已经凉了的米粥，说实话，她还没吃饱呢！可喝吧，母亲就要吃完洗碗了，她不能因为自己吃饭磨蹭而耽误母亲去洗碗呀！而且，她也真的没有力气端起那只饭碗了，就算母亲喂给她喝，她的嗓子眼也没力气往下咽了！

于是，小曼狠了狠心，对母亲说：“妈妈，这粥我没喝，您倒回锅里去吧！”

用力拉住头发说话

吃完饭，小曼低着头刚想喘会儿气，好积攒力气继续写作。

这时，房东嫂子进屋来收下个月的房租了。母亲在洗碗，手很湿，回头对小曼说："小曼，快给你嫂子拿钱。"

"嫂子你先坐会儿，我给您拿钱！"

小曼侧着身子用左手抓住小桌子好不让自己摔倒，猛吸一口气，把右手抬起来搭在身旁那摞书上，然后用食指钩住书上放的小包包带儿，用力一拉，小包包被她顺势拽到了床上。她拿起小包包，拉开拉链给房东嫂子取钱，在做这些的时候，她始终面带微笑，做出一副好轻松的样子，尽量以一种悠闲的姿态掩饰自己没有力气抬起胳膊的尴尬。

房东嫂子接过房租，她并没有着急走，而是坐在小曼的床边和母亲聊天。她偶尔回头也跟小曼和姐姐搭讪几句。

"又写书呢?"她探过身看姐姐大曼的电脑。

"嗯!"姐姐有点不好意思地笑了。

"我同事说让我帮忙买一本你们的书看看，你们都写的什么书啊？”

“就是……我们的经历。”姐姐长喘一口气，她看上去也很累，累得已经说不动话了。小曼急忙接过话茬回答嫂子，替姐姐回答说：

“第一本书是励志题材的，写的是妈妈教我们自学写作的故事；第二本书……”不好，小曼的舌根忽然发硬不听使唤了，脖子也没有力气支撑自己的头，脑袋忍不住直往下耷拉……

此刻，房东嫂子正目不转睛地盯着小曼看，等待她把话说下去。

小曼又急又慌，强挺着用极不自然的语气吐出最后几个字：“是……是爱情……小说！”

房东嫂子大概以为她是因为害羞不好意思说出“爱情”两个字，所以结结巴巴的吧，她善解人意地笑着说：“那就买第一本书吧，她是要买给她家孩子看的。”说着，她开始掏钱，一边掏钱，还一边说，“我跟我儿子说呢，你前院两个姐姐自学写书，多了不起啊！你也跟人家学学！”

小曼和姐姐抿着嘴唇微笑，笑得有点尴尬和……焦急！

房东嫂子滔滔不绝地“唠叨”，这让小曼感到慌乱而苦恼。刚才吃那个鸡蛋已经消耗尽了她的体力，现在她的脖子真的一点点力气也没有了，头总是不由自主地往下垂。在她的脑袋被迫耷拉下来的时候，她的双下巴磕就会出来，显得她胖得好奇怪的样子，她想，自己这个样子一定好难看！

小曼用手托住她的下巴磕，想让自己看上去好看一点儿，可她的手也没有力气举那么高，更没有力气托住她沉重的头。

她一边微笑着听房东嫂子说话，一边紧张而慌乱地用手一会儿撩一下额前的刘海儿，给自己低头积攒力气的机会，一会儿抚摸一下脸蛋和下巴磕，好掩饰自己的难堪。

小曼没想到自己的动作反倒把房东搜子的目光吸引了过来，房东嫂子看着她动来动去的，忽然乐呵呵地说："心曼比春曼爱打扮啊，头上还戴着小花卡子那，真好看！"

听了房东嫂子的话，小曼"噗嗤"一声乐了，在她笑的一瞬间，她下意识地用手揪住了后脑勺的长头发，这个突然的动作一下把她不由自主垂下来的脑袋给拉了起来，脖子也随之挺直了。她稳稳地靠住枕头坐着，舌根也因为后脑勺传导出的力量而变得柔软起来了！

这个突然的发现让小曼感到又惊又喜，笑得也更甜，更开心了！

持续恶化的病情虽然是不可避免的可怕事实，但是，小曼和姐姐找到了克服和解决的办法，这就是一件多么值得庆幸和高兴的事啊！每克服一个尴尬而艰难的处境，她们姐妹灰暗的心情都会变得明朗轻松起来。

小曼打开嗓子，大声地向往屋外走的房东嫂子打招呼说："嫂子慢走哦，谢谢您啊！"

第九章

母亲的谆谆教导

美得像仙女

“妈，你干什么去呀？”大曼问推门向外走的母亲。

天已经黑了，孩子的心是害怕孤独的，尤其害怕家里没有大人，自己待在冷冷清清的屋子里……

“妈去捡衣服。”母亲戴上手套说。

在母亲推开屋门的一瞬间，大曼能听见外面冰天雪地里“稀里哗啦”抬大木头的锁链声。父亲活着的时候，就在离家不远的贮木厂上班，冬天晚上下班回来时，还会用自行车驮一块大木头回来，“咣当”一声扔在院子当烧柴用。虽然父亲现在走了，再也回不来了，但是每当母亲开门进进出出时，小曼似乎都能听到抬木头的锁链响和用力吆喝的声音，她幼小的心里会感到一阵莫名的亲切和激动，就仿佛父亲他……还活着一样！

母亲听到这么熟悉的干活的声音时，她心里也一定会想起父亲吧？

母亲还是时常发呆，不过，母亲更多的时间是不停地干

活。她看着母亲穿着小棉袄冻得直缩脖子，把白天晒出去的衣服抱进了屋里的炕上。弟弟妹妹看见衣服被冻成僵硬的一张张大煎饼，下面还坠着一串一串的“冰溜子”时，都兴奋地爬过去用小手掰着玩，母亲急忙大声地制止孩子们说：“躲开，快躲开！凉，冰着你们！”

弟弟妹妹只好半跪着土炕上，眨巴着眼睛不太甘心地看着母亲，她把冻得硬梆梆的湿衣服和布帘，一件一件地搭在烧热的火墙上，还有火墙通往烟囱之间横穿整个屋子上空的炉筒子上。母亲希望能快点把它们烤干，好能在明天天亮之前，把乱七八糟的屋子收拾利索。

虽然家里很少来客人，但是，母亲还是保持着每天把屋子收拾得干净整齐的好习惯，就好像家里随时都会有客人来一样，她不愿意让人笑话自己家里没有男人，日子过得不像个家。

给孩子们穿戴整洁，把家收拾得干净利索，成了支撑母亲在困苦中维护做人尊严的一种美好动力。

吃过晚饭，在母亲不断地反复翻腾之下，那些湿乎乎的布帘已经干得差不多了，窗玻璃上却因为蒸发不出去的潮气而结满了厚厚的一层霜花。大曼和弟弟妹妹们坐在烧得热乎乎的炕头，看着母亲把皱巴巴的布帘一点一点地抻平，整整齐齐地叠好放在一边。母亲嘱咐大曼看着点弟弟妹妹们别碰，然后去刷碗。等忙完了厨房的活儿，母亲端着外祖父给的那只大茶缸走进来，大曼和弟弟妹妹都以为茶缸里面盛着的是糖水或者什么好吃的呢，抢着伸长脖子往里面看。母亲怕烫着孩子们，用手挡着说："这里面盛的是开水，小心别烫着你们。"说着，母亲展开了布帘，"妈要把帘儿熨一下，要不全都是褶挂上去不好看。"

大曼看着母亲用装满滚烫开水的大茶缸烫布帘，昏黄的灯光下，她觉得母亲熨布帘的动作是那么的轻柔和甜美，美得就像一个仙女一样！

当母亲把熨烫得平平整整的布帘重新挂在了门和柜子底下，挡住了那些掉了漆的斑斑驳驳的小黑洞时，大曼感觉整个破旧的小土屋一下也变得像母亲一样美了！

第二天是除夕，母亲又起早把窗子和大镜子也都擦得干净透亮，就连砖头铺的地面也被母亲用锯末子（锯木头掉下来的碎末）浇上水，用脚踩住使劲儿地蹭得通红，红的就像三姨家的红地板一样新鲜和耀眼。

母亲一边给大曼和弟弟妹妹们穿衣服，一边嘱咐他们说："今天过年，你们吃饭注意点，别往衣服上掉饭粒儿和菜汤什么的！"

大曼和弟弟妹妹们都乖乖地应声答应着。虽然母亲没有给她和弟弟妹妹们买新衣服穿，他们穿的还是平时的旧衣服，不过，母亲把衣服洗得干干净净的，又用盛满热水的大茶缸把衣服"熨烫"了一遍，因此旧衣服看起来就像新衣服一样平整和崭新。只是，袖口短了一大截，棉袄从里面漏出来一块，显得有点别扭和不太好看。

母亲踌躇了一会儿，她皱着眉头，左看看右看看，给每个孩子都拽了拽袖子，还是感觉别扭。这时母亲灵机一动，她帮孩子们把袖口的棉袄挽起来，这样挽起的棉袄袖子挡住短了的外衣袖子，看上去就好像外衣袖子也被挽在了里面一样。

母亲的脸上，终于露出了满意的笑容。

想吃一顿米饭

“二姐，咱爸让我给你们送来的带鱼和冻梨。”

老舅穿着大棉袄，头上戴着大棉帽子，手里提着东西推门走了进来。

“哎呀！你快进屋暖和暖和，我烧火给你做饭吃。”母亲急忙穿鞋下地去迎接老舅。

“我不在这吃了，咱妈还让我去粮部买点大碴子呢！”说着，老舅对里屋炕上的三个孩子笑笑就走了。

等老舅走了以后，孩子们迫不及待地喊母亲快把带鱼和冻梨拿过来给他们看看。母亲体贴地把面袋子提进里屋地上，从袋子里掏出三条又细又长的带鱼来，又抻开袋口让孩

子们看布袋里裹着厚厚一层冰块和白霜的冻梨。

母亲说:“你姥爷他们自己都舍不得吃，让老舅给你们送来了，姥爷和姥姥多疼你们啊!”

听母亲的话，大曼想起自己在外祖母家住时，外祖父早上4点起来抹黑披着破棉袄劈柴禾给大曼烧炕和火炉，外祖母裹着一双小脚摇摇晃晃地给她和妹妹做饭吃的瘦小身影，她的心里涌起一种说不出来的对外祖父母浓浓的依恋和感激之情。

她觉得外祖父和外祖母给他们送来的不是好吃的，而是老人家对他们的爱，是关心，是惦念，是放心不下啊!

大曼姐弟三个孩子排成一排趴在小窗子上，隔着玻璃看母亲收拾带鱼。母亲把洗干净的带鱼用剪子剪成一小块一小块的，然后往锅里倒一点点豆油，随着葱花炝锅时“吱吱啦啦”煎鱼的声音，他们闻到了香喷喷的鱼肉味儿，都情不自禁地笑着。

大曼隔着玻璃央求母亲说:“妈!多添一点水好吗?我想喝鱼汤哦!”

虽然大曼还只是一个孩子，而且最喜欢吃鱼，但她已经能想到自己多喝一点鱼汤，就能省下鱼肉给弟弟妹妹们，还有妈妈吃了。

听姐姐这样一说，弟弟妹妹也跟着喊说:“妈妈，我想吃大米饭泡鱼汤!”“妈妈，我也想吃大米饭泡鱼汤哦!”

“哎呀!咱家好像还没有大米了呢!”妈妈为难地说。

听了母亲的话，弟弟妹妹们都不高兴地噘起小嘴起来了。过年能吃上一顿大米饭和鱼，这是她们盼望了好长时间，也是馋了好久的饭菜啊！

看到孩子们失望的表情，母亲急忙安慰他们说：

“妈去看看，兴许还有点米。”

母亲盖上锅盖，然后从北窗户下的粮食箱子里提过来一个瘪瘪的小面袋子，一边抻开袋口给她们看，一边说：

“有碗大米让妈跟这点小米掺和到一起了，准备给你们煮米粥喝的。”

“妈妈，我不要吃小米饭！”妹妹说。

“嗯！妈把大米给你们挑出来能蒸一顿米饭。”

“挑一小碗大米就能蒸一锅米饭，够你和东海吃的哦！”大曼也学着母亲的样子安慰妹妹。

妹妹眨巴着小眼睛放心了一点，她充满期待地坐在母亲身边，看母亲从一小堆黄色的小米粒当中一粒一粒地往外捡着白色的大米。

突然，隔壁邻居家院里传来“叮叮当当”水桶撞击水桶的声响，母亲急忙起身拉开电灯——灯，亮了！她慌忙把手里攥着的一把米扔进米袋里，嘱咐大曼说：“你和妹妹挑米吧，妈得快点挑水去！”说着，母亲一把抓起衣服就往外跑。

外屋里有一口小井，但长年打不出一滴水来，平时家里吃水都是去离家好远的公用水井挑水。公用水井的水要用电机从地底下往上抽水，所以，每当停电的时候就没水吃，等一来电，家家户户都出去抢水，要是去晚了，再突然停电，就会抢不到水的。

大曼听着母亲在院子里用扁担挑起水桶的“叮当”声，把米袋拉倒自己腿边，她和妹妹仿佛是接过了一项艰巨的任务，学着母亲的样子抓起一把两色米，然后伸展掌心，一粒一粒地从小米里往外捡大米。等到手里都剩下小米了，就把米扔进米袋，模仿妈妈的样子抖搂抖搂袋子，把米都抖落到袋角，然后再抓起一把继续往外捡……

看着黄色小米里有好多白色的大米粒，可当真的捡起来的时候，却发现好难挑啊！而且，大米变得越来越少，越来越难找到了。

挑了一会儿，大曼的手腕酸疼得已经很难再举起来了，那些米变得无比沉重。妹妹也噘着小嘴失去了耐心，开始不好好干活了。不过，大曼还是坚持挑着，挑着，她要帮母亲多干一点活儿，让弟弟妹妹们吃到渴望已久的大米饭，让他们家过一个像样的年啊！

过年

大曼终于从一堆小米当中拣出了小半碗的大米，她想，这些大米应该够弟弟和妹妹们吃了吧？她实在是再也挑不出大米粒了，就把小碗和布袋都规规矩矩地放在炕沿边，然后，安静地等着母亲挑水回来好给他们做饭吃。

大曼一直在心里数着呢，母亲已经挑了四挑水了。家里外屋放着的那只大水缸装五担水就满了，母亲每次都会坚持挑满一水缸的水，这样储存起来够用一个星期的了。

今天是过年，母亲更得挑满一缸水储存起来的。

柜子上金黄色的小马蹄表“滴答”“滴答”寂寞地走着，已经是中午 12 点半了，窗外不断传来别人家燃放鞭炮的声音。在东北，过年吃饭家家户户都要在院子里燃放一挂鞭炮，据说这样能招来财运，也喜庆。大曼想象着别人家此时在一起热热闹闹地过年吃饭的情景，忽然觉得自己的家是这么的寂寞和孤独……

大曼眨巴着眼睛，跟弟弟妹妹你看看我，我看看你，好期待母亲能快点挑水回来，只要母亲回来了，有母亲在家里

忙碌着干活的身影，就能冲淡这一屋子让人感到心慌的寂寞和孤独了。

可是，母亲怎么还不回来呢？

这最后的一担水了，母亲已经去了好长时间，可还没有回来。

大曼和弟弟妹妹们已经等得有点不耐烦了，肚子里早就饿得“咕咕”直叫了。小窗子那边就是外屋的灶台，刚才还能看见从锅里向上直冒的热气呢，随着热气飘进里屋，他们能闻到炖带鱼的香味。但此刻早已看不见热气了，应该是灶膛里的柴禾烧没了吧？

“大姐，妈怎么还不回来啊？”

“大姐，妈妈还得多长时间能回来啊？”

弟弟妹妹们焦急地问大曼，好像她这个做姐姐的能决定母亲什么时候回来一样。

“快了，再过一会儿，妈就会回来了！”她说，“肯定是挑水的人多，妈才会这么慢的啊！”

这时，他们听见院门响了一声，紧接着窗前晃过母亲挑着扁担熟悉的身影——“啊！是妈挑水回来啦！

“妈！”“妈妈！”

他们姐弟三个孩子高兴地喊了起来。

“哎！”母亲一边低着头看着脚下的屋门槛，小心翼翼地走进来，一边吃力地答应着。

母亲径直把水挑进外屋的水缸边，然后放下扁担长喘了

一口气。她注意到母亲不知道是累的，还是冻的，她的脸蛋通红通红的，都肿起来了。额头前的刘海和妈妈围着的蓝色头巾底下靠近嘴的地方，全都挂着一层白霜。

母亲憋足一股劲儿，用力提起沉重的水桶，把里面的水“哗”的一声倒进水缸里，随着水被倒出去，手里的桶变轻了，母亲提起的肩膀也松弛了下来。她一边倒水一边对里屋的孩子们解释说：

“哎！妈怕你们饿坏喽，走得太着急啦，脚底下滑了一跤，把水洒了一身，又回去重新排队挑的水。”说着，母亲放下空桶，抬起胳膊用棉袄袖口擦了一把头上的汗，“这下好了，水缸满啦！妈换件衣服这就给你们做饭啊！”

大曼伸长脖子通过高过自己头的小窗子看母亲，这才惊讶地发现母亲棉袄后背全都湿了。等母亲走进里屋换衣服时，她看见母亲的衣襟和裤脚滴答下来的水已经结成了冰柱。

看着浑身湿淋淋，冻得直哆嗦的母亲，大曼想象着母亲这么冷的天站在冰天雪地里排队挑水，心里还惦记着能早点回来给他们做饭吃，她的鼻子不禁一阵发酸，心里很不是滋味！为自己刚才因为等母亲回来等得不耐烦，而感到羞愧和难为情……

大曼吃力地挪动着双腿，实际上她连半寸都挪不动，但她还是喊母亲：“妈！你上炕头来暖和暖和再做饭吧！”

“没事儿，妈不冷，妈换上厚棉裤就不冷了。”母亲一边哆嗦着换上干净的棉裤和棉袄，一边瞟一眼放在炕沿边大曼挑出的那半碗雪白的大米，马上高兴地说，“哎呀！我大姑娘这么能干活啊？挑出这么多大米来！行，够你们吃了，妈快去蒸米饭啊！”

母亲换好干净的棉衣棉裤，顾不上暖和一下，就一边蒸米饭一边洗衣服，还嘱咐弟弟找邻居家小孩玩的时候不许馋人家东西。大曼注意到母亲的脸上始终挂着坚定的笑容。仿佛这不是在过年，而是在跟命运打的一场战争，她必须赢！

代表母亲招待客人

母亲把灌满开水的暖壶放在桌子上，洗干净的杯子也被整齐地摆在暖壶旁边，然后又用抹布擦了擦已经很干净了的桌子，一边往火墙边的铁丝上搭毛巾，一边嘱咐大曼和妹妹说：“妈去粮店买粮，妈走了要是有客人来的话，年纪大的你们要叫大娘，年轻的要就叫姨，请客人坐下，问大娘或阿姨‘你口渴吗？’或者说‘桌子上有暖壶，里面有开水，我不能动，你口渴就自己倒水喝’啊，听见了吗？”见大曼听话地点头，母亲又说，“妈不在家的时候，你们就是家里的主人，要像大人一样招待客人，这是礼貌，客人心里也会感到高兴的”。

“妈，我记住了，你放心吧！”大曼说。

也许是因为有姐姐做依靠，妹妹小曼虽然眨巴着小眼睛像模像样地跟着点头，但小手却不老实地玩着手里的一个线绳，一副心不在焉的样子，母亲的话一句也没听进去。而大曼却牢牢记住了母亲的话，就像要完成某项艰巨的任务一样，一个字也不敢忘。

母亲穿上那件只有出门时才舍得穿的已经褪了色的中山装，围上那条天蓝色的围巾，又给弟弟穿戴整齐，然后戴着棉手套，拿着粮本和袋领着弟弟出门了。母亲把屋门从外面锁上，把钥匙压在窗台上的一块砖头底下。接着又不放心地趴在窗子上对着屋里喊：“钥匙在这儿，妈一会儿就回来啊！”

母亲的这句话减弱了大曼和妹妹心里独自看家的孤独感，她们也不觉得等母亲回来的这段时间太难熬了。

邻居王大娘走进院子，身后还跟着几个邻居家的小孩。大娘看见门锁着呢，就趴到窗子上往屋里看，问：“孩子，你妈呢？”

“大娘，我妈带弟弟去粮店买粮了。”

“哎哟！我这牙疼，想到你家找片去痛片吃呢！”大娘用手捂着自己的半边脸，愁眉苦脸地说。

大曼急忙告诉大娘窗台的砖头底下有钥匙，让她自己开门进屋。

等大娘进了屋，她又告诉大娘写字台的中间那个抽屉里有药，桌子上的暖壶里有水，让大娘自己倒水吃药，还没忘了请吃完药的大娘在炕沿边上坐下来。

大娘因为牙疼的缘故，她的眉头一直紧皱着，不过，当她看到大曼和妹妹请她坐下时，竟然舒展一下眉毛，笑了。

大娘坐在炕沿边上，扭头四处打量着母亲收拾得干干净净的屋子，一边打量，还一边咧着嘴“啧啧”的称赞。当她把目光落在穿戴整洁的大曼和妹妹小曼身上时，大娘由衷地夸奖说：“瞧这俩孩子，兴芝（母亲的名字）伺候得多干净，多好啊！长得也俊，又聪明又会说话，可真招人疼啊！”

大娘在炕沿上坐了一会儿，也许是跟进来的小孩太吵，也太闹了，大娘怕他们把屋地踩脏，弄乱东西，就站起身吆喝他们走了。

大娘走后，屋子里又重新归于沉寂，不过，因为母亲不在家，自己招待了客人，这种特别的新鲜感让大曼心里感到非常自豪。她盯着着柜子上的那只黄色的马蹄表针，表针滴答、滴答地响着……她和妹妹盼着母亲能快点回来，好向母亲汇报家里来客人的事情。

当表针走到 11 点 26 分的时候，她们听见院门被自行车撞开的响声，还有弟弟蹦蹦跶跶的小脚步声，是母亲和弟弟回来啦！

母亲用自行车驮着半袋粮食走进院子，当她打开屋门，提着粮食走进来，还没等大曼开口呢，就问："家里是不是来客人了？"

"嗯，妈，你怎么知道啊？"

"我刚一下坡，就听见邻居们在大门口议论呢，都夸你俩懂事呢！"

说这话的时候，她看见母亲脸上带着欣慰的笑容，说话的语气也特别的温柔和轻快。

虽然她们看了一上午的家，很孤独害怕，而且又渴又饿，特别想去厕所。但是，母亲欣慰的笑容让她们心里特别温暖，仿佛她们做了一件非常有意义的事——她们终于长大了！能代表母亲招待客人了，内心里感到无比的兴奋和自豪。

妈不喜欢吃大米饭

母亲刚进屋，正在把粮食往橱柜里收拾呢，窗户旁有身影闪过。

“妈，好像有人来了。”大曼和妹妹异口同声地喊母亲。

母亲急忙抬头朝着窗外和屋门的方向看去。“呀！是你大姨来了哎！”母亲的话音还没落呢，大姨就领着表姐和表妹推开门走进屋来了。

大姨顾不上摘掉头上的围巾，急忙打开她手上的三角花布兜，从里面往外掏出一只饭盒，里面是大姨自己腌的咸菜、晒的干豆角丝和粘豆包，另外还有她自己炸的小鱼。

就在大姨往外掏东西的时候，母亲急忙去厨房用大海碗盛了一碗黄豆，跑出去换回来一条大豆腐，然后一边和大姨唠着家常，一边蹲在灶膛门口削土豆皮，准备做饭。

看见母亲蒸米饭和炖豆腐，还有香甜的粘豆包、小咸菜、小炸鱼，大曼和弟弟妹妹都兴奋得叽叽喳喳地叫，盼望着能早点吃上饭。

他们一边跟表姐和表妹们在火炕上玩，一边惦记着锅里的饭什么时候能好。尤其是当看见大姨从布兜里捡出一个又一个白白的粘豆包递给母亲热到锅里，闻到母亲在厨房葱花炝锅的香味时，他们馋的口水都要流出来了，也觉得肚子更空，更饿了！

这时，母亲忽然从外屋走进来，躲开帮她忙活的大姨，悄悄地趴在大曼的耳边说："饭和菜都不多，你们让着客人吃饱，等客人吃完了，妈都给你们留着，听见了吗？"

听了母亲的话，大曼心里有点失望，可当她看到母亲为难的表情时，又不忍心辜负母亲对她的信任，还是懂事地点了点头，并且按照母亲的吩咐把旨意传达给了旁边的弟弟和妹妹们。

因为知道中午不能吃饱饭了，三个孩子一下变得安静下来，心里的失落感使他们也没心思玩了。姐弟三个并排坐在炕头，跟表姐和表妹拉开了身体的距离。他们忽然一下子觉得自己跟表姐和表妹不一样了，他们是客人，有很香的饭菜可以吃，而自己是主人，只能看着客人吃饱。

桌子上放着一盘土豆炖豆腐，白白的豆腐块上还飘着金黄色的油花，热气直往上冒。雪白的粘豆包和深绿色的小咸菜，还有被豆油炸得金黄焦挺的小鱼，也香得诱人。

母亲给大曼和弟弟妹妹每人盛了半小碗米饭，给表姐和表妹却盛了满满的两大碗。大姨抢过他们的饭碗要再添一勺饭，却被母亲制止了。母亲说："大姐，盛满了他们端不动，再说他们不活动，也吃不了多少饭，自己家人，哪能装假呢!”

大姨将信将疑地把饭碗递给大曼，又不放心地叮嘱她和弟弟妹妹们说：“没吃饱，大姨再给你们盛啊!”

大曼数米粒一样往嘴里扒拉着米饭，半天才伸筷子夹一条小鱼，还舍不得全部吃掉，而是咬一小口，然后放在碗里，像吃咸菜一样就着米饭吃。尽管大曼和妹妹吃的已经很慢了，但还是很快就把碗里的米饭吃没了。大曼想，自己是姐姐，姐姐要先做出榜样来。于是，她懂事地放下手里的筷子说：“大姨你慢慢吃吧，我吃饱了!”

妹妹也学着姐姐的样子放下了筷子，只有小弟弟还举着饭碗让母亲添饭。弟弟实在是太小了，他早就把母亲的话忘到脑后了。

吃过午饭，大姨又帮母亲剪了一个棉裤片，太阳要落山时大姨他们才走。

母亲送客人回来，第一件事就是把中午吃剩下的饭菜热了端给孩子们吃。看着半盘豆腐和土豆，还有一小盆米饭、豆包和小炸鱼都归他们了，三个孩子别提有多高兴了，都狼吞虎咽地吃起来。

“慢点吃，先喝口水，等鱼便宜了，妈也上街买来给你们炸小鱼啊!”母亲端着一只大茶缸喂她和妹妹喝水，夸奖她说，“我大姑娘今天真懂事，先撂的筷子不吃了。这就对了！咱家米和菜都不多，如果饭都吃没了，客人会不好意思的。你大姨自己都舍不得吃豆包和小炸鱼，大老远拿来给你们吃，我们怎么能让人家饿着肚子走呢！”又说，“其实你大姨也没吃饱，她是假装不饿，故意留给你们吃的。”

听了母亲的话，大曼觉得自己能像个大人一样给母亲分担重担，没有给母亲丢脸，心里感到骄傲和自豪，同时也更加感激大姨了！

是啊，菜本来就不多，可还是剩下了，大姨也没舍得吃饱啊！

大曼和弟弟妹妹狼吞虎咽地吃得正香，她一抬头，看见母亲正拿着一块剩干粮在啃。她急忙喊：“妈！你也吃米饭和鱼啊？”

母亲却连忙摇头说：“妈不喜欢吃米饭，炸鱼我也咬不动，我喝口开水吃点干粮就饱了。”

大曼鼻子发酸，忽然一下就饱了……

母亲不在家

四周一片沉寂，大曼从睡梦中醒来，睁开眼睛看见面前的炕上是空的，她转不动脑袋，看不见身后的炕，只能伸手去摸，也是空的。她低头侧目勉强看见妹妹小曼，她仰着小脸，嘟着小嘴躺在窗台底下的炕上睡得正香。

母亲和弟弟去哪儿了呢？

大曼清晰地记得吃完午饭以后，母亲洗完碗筷，说困了想睡一会儿，让弟弟也跟她们一起睡午觉的。弟弟躺在炕上很不老实，总是在母亲身上爬来爬去的，母亲还训他……可大曼才睡了一会儿，母亲和弟弟怎么就不见了呢？

大曼喊醒睡得正酣的妹妹，问她："妈呢？"

小曼揉着眼睛迷迷糊糊地坐起来，往四周看了看，嘟着小嘴说："我不知道呀！"

母亲和弟弟不知道去哪儿了，她们俩都没有心思再睡觉了，也不敢再睡觉了，一种巨大的害怕和孤独感占据了她们的心，使她们屏住呼吸，支起耳朵听院子里的动静。午后耀眼的阳光照在窗户的塑料布上，模模糊糊根本看不清外面，她们只能你看着我，我看着你，不知道该怎么办才好？

妹妹还能自己坐起来，能拄着炕面用膝盖往前爬，可她自己坐不起来，只能躺着，眼巴巴地等着，盼着母亲能快点回来。

屋子和院子里都好安静啊，静得掉一根针到地上都能听见。阳光照着炕沿和屋地，时间就像停止了一样。

大曼一个姿势躺的时间太久了，虽然穿着棉裤，但胯骨底下还是被炕面硌得酸疼酸疼的，脑袋也是。她烦躁地揪着自己的头发，希望头能动一下，缓解一下身体的压力和疼痛，可无论她怎么用力拉和拽，沉重的脑袋就是纹丝不动，

急得她小声地呻吟了一下。

“大姐，我扶你起来呀?”妹妹小曼小声地问。

“行!”。妹妹学着母亲的样子，先跪坐在姐姐的头上，然后伸出小手抬姐姐的头，想把姐姐的脑袋搬到自己的腿上。可妹妹的力气实在是太小了，她没有母亲力气大，她刚一抬起姐姐的脑袋，手就支撑不住，“咣当”一下把大曼重重地摔在了炕上。大曼疼得眼泪都要流出来了，妹妹看见姐姐疼得直皱眉头，急忙用小手给姐姐揉揉脑袋，心疼地问：“大姐，你疼吗?”

大曼装作不疼的样子，鼓励妹妹说：“没事，你就揪住我的头发，用力拉吧，这样就不会撒手了啊!”

揪头发的方法真的很管用，妹妹揪住大曼的头发，用力往上一拉，就把她的脑袋拉到了她的腿上。虽然她的头皮被拉得很疼，但她为有希望坐起来了而感到高兴，也更鼓励妹妹不要管自己疼不疼，尽管拽她的头发，只要她能使上力气就行。

妹妹抱住大曼的脑袋，一边用膝盖和右手往上顶她的头，一边用左手拄着炕面支撑住自己的身子不要摔倒。大曼也竭尽全力支撑自己的身体，一下、两下、三下……有几秒钟她俩都差点支撑不住摔倒，但紧要关头妹妹用肩膀托住了大曼的脑袋，自己也用双手撑住了炕面，最终帮大曼侧身趴在了土炕上。

大曼和妹妹都长喘了一口气。妹妹高兴地说：“还差最

后一下!”

“你还有力气吗?”

“有!”妹妹坚定地说。

妹妹学着母亲干活的样子，用力甩了甩手腕，又大口大口地深呼吸，然后憋足气，用力向前推大曼的脑袋，与此同时，大曼也憋足了劲，挺直脊背，支撑自己的脑袋。她们的脸涨得通红，浑身冒汗，皱紧眉头，终于——大曼成功坐起来啦!

坐起来的大曼环视着屋子，觉得自己一下变得很高大起来，刚才躺着的无助感减少了一些，也有信心等妈妈回来了。只是，当她看到妹妹胖嘟嘟的小脸由于使力气而涨得通红时，她很心疼妹妹，又不知道说什么好……

她们俩相互看着对方，抿着嘴唇笑了。又不敢笑出声。母亲不在家，她们心里没有安全感，仿佛门外和窗户底下会有人在偷看着她们的一举一动，偷听她们说话一样。

她们必须小小声地说话，小小声地笑，故作镇定地等……妈妈回来!

一项特殊任务

大曼刚坐起来不久，就听见大门响了一声，紧接着是弟弟先跑进屋，他的小脸冻得通红，站在炕沿边很兴奋地告诉她们：“大姐！二姐！妈给咱仨买礼物啦！”

“妈！你去哪儿了啊？”大曼问随后进屋的母亲。

“小海睡醒了闹着要上街，我带他去四商店了。”母亲摘下头上的蓝围巾挂到墙上的衣服挂上。大曼注意到母亲的手里拿着东西，就好奇地问：“妈，你手上拿的是什么呀？”

“妈给你们买的本和铅笔，你们姐弟三个人一人一份。”说着，母亲把手里的笔和本递给她和弟弟妹妹们。大曼还意外地得到了一块粉红色的花手绢。妹妹看到姐姐有花手绢，而她没有，很不高兴。母亲哄妹妹说：“四商店里就这一块手绢了，妈先给大姐买回来用着，等过几天再上街的时候，看见有好看的手绢了，一定给你也买一块啊！”

“妈！我和妹妹一起用！”大曼懂事地把手绢递给妹妹，却被妹妹给推了回来。

“大姐，你自己用吧，妈妈说过几天给我也买一块更好看的呢!”说完，她就饶有兴趣地开始摆弄手里的铅笔和本子。

大曼知道妹妹不是不喜欢这块手绢，而是妹妹太爱她了，不忍心和姐姐争，妹妹有时看着任性，其实还是很心疼姐姐和弟弟，很有……牺牲精神。

大曼感激地看了一眼妹妹，她低下头，用手摆弄和抚摸着那块粉红色的花手绢，还有那带着外面凉气的、散发着纸页特有香味的本子和铅笔，心里既感到高兴，又有些不知所措。她茫然地看向母亲，不知道母亲为什么会给自己和弟弟妹妹买这些。

母亲去外屋取来一把豁牙的旧剪刀，在炕沿边铺了一张旧报纸，用菜刀给孩子们削铅笔。母亲的力气好大啊，平时看着不太锋利的旧菜刀，此刻在母亲的手里居然像一把锋利的小刀一样，把厚厚的铅笔削得又细又长，不一会儿报纸上就掉了一堆铅笔屑。母亲一边削铅笔，一边柔声地对大曼说:“夏天就该送小海去报名上学了，你和妹妹不能上学，妈教你，你们自己学，等弟弟放学回来以后，你们还能看着弟弟的课本学习认字，这样弟弟一个人上学，就等于你们姐弟三个都上了学啊!”说着，母亲意味深长地看大曼一眼，“你是姐姐，你大了，也懂事了，你会比弟弟妹妹们学得都快，等你学会了要教弟弟妹妹们啊!”

大曼好像一下明白妈妈为什么要送自己花手绢了——在妈妈的眼里，她已经是一个大姑娘了，母亲希望她能像一个

真正的姐姐那样，带好弟弟妹妹。而她，从此后，必须凡事都要做好，做得让母亲满意，这样弟弟妹妹也会跟着自己学的。意识到这一点，大曼情不自禁地笑了，她的眼睛里闪烁着光彩。

啊！她小小的人生得到了一项光荣而艰巨的任务，因为这个任务，她跟健全的小朋友没什么两样了，她一样是被母亲当宝贝爱着的，被母亲重视着的，被家庭需要着的啊！

铅笔削好了，母亲蹲在炕沿边，帮助她们在各自的田字格本上郑重地写下了自己的名字。母亲嘱咐他们说：

“家里有废纸，不要乱撕本子用，也不要把本子弄脏。要学会干干净净地写字，工工整整地写满一个本子，那才是你们的成绩。”

大曼率先点头，用力地点头！

教女儿们改写人生

天，越来越热了，弟弟果然报名上了小学，而大曼和妹妹小曼也在母亲的辅导下，学会了汉语拼音的26个声母和23个韵母。大曼趴在土炕上工工整整地在本子上画了一个半圆，然后再给半圆画一个小辫子，一个漂亮的“a”字就写出来了。为了能熟练地掌握汉语拼音，增强记忆力，她忍着胳膊肘在坚硬的炕面上硌出血泡的疼痛，还有闷热的天气，坚持每天都要复习一遍汉语拼音，然后再学习生字。

“我都写完了，你写完了吗?”大曼问妹妹。

“大姐，你看!”妹妹骄傲地举着她的田字格本给大曼看，大曼瞪大眼睛却什么也没有看见。妹妹爬到她跟前，把本子举到她眼前，让她再仔细看。大曼这才看见田字格里的中间有一个小小的点点，她皱着眉头仔细辨认，原来那是小小的“a、o、e”，只是字写得太小了，很难让人辨认清楚。

“你这写的是什么啊？这么写多浪费本子呀！”大曼不屑一顾地批评妹妹。

“这样好看嘛，本子就像没写过字一样哦！”妹妹骄傲地仰着小脸，又问，“你看我写的字像小花骨朵吧?”

大曼见自己管不了妹妹，也说服不了她，就急忙扭头喊母亲:“妈！妹妹不好好写字，她浪费本子!”

正在地上洗衣服的母亲站起身来到炕沿边，她拿过大曼和小曼的本子分别看了又看，然后还给她们，严厉地对小曼说:“你好好写拼音，你看你大姐写的多好看，多工整啊!她学的也比你快，你都被姐姐给落下了!”

说完，母亲重新坐回到小板凳上，继续搓洗一大盆衣服。母亲一边洗衣服，还一边唠唠叨叨地说起了她小时候读书的事情。

“妈小时候可想上学了，可我奶奶说，姑娘读书没用，长大嫁人也是给人家读的，不让妈去上学，啥呀，也是那时候家里穷，没钱读书。后来还是你大舅不好好上学，总逃学，不是钓鱼就是抓蛤蟆去了，害得老师总找到家里来。你姥姥让我到学校看着你大舅别逃学，我才去上学的。”

大曼和小曼趴在炕上忍不住“咯咯咯”地笑了起来，笑大舅小时候原来那么淘气呀！也笑母亲最终能上学的机会有点“滑稽”和可笑。母亲也笑了，不过母亲笑着说:“妈能教你们学拼音和认字，还得感谢你大舅呢，要不是大舅逃学的话，妈哪有机会上学啊!”

大曼和妹妹不笑了，表情变得严肃起来，心里对大舅重新充满尊敬和感激。

就听母亲继续说:“妈上学的时候都12岁了，站在一群比自己小的孩子中间，感觉可不好意思了。后来因为妈学习好，老师破格让我跳级读了三年级……”说着，母亲叹了口气，“那时哪儿像你们一样还有本写字呀，都是买了草纸自己回来裁成本子用针订。你姥姥三块钱的学费都给妈掏不起。你们现在虽然不能去学校读书，但在家里也一样有本和笔使，还能读弟弟的书，比妈那时候条件好多了啊！”又说，“你们虽然身体不能动，但要有知识，不要让别人看不起，觉得你们不会走，又不识字，就跟个傻子似的。到啥时候人都得有文化了，别人才瞧得起！”

母亲的这句话，狠狠地撞击着大曼幼小的心灵，她已经是一个12岁的女孩儿了，她已经有了强烈的自尊心，害怕别人会看不起自己，她需要得到大人的夸奖和认可，能够被别人从心里接受自己，那对于大曼来说比吃什么好吃的，穿多漂亮的衣服都感到重要。

她眨巴着眼睛，心里暗下决心：“我一定要好好学习，等将来长大了做一个有出息的人，让周围的人看得起我，也看得起妈妈。他们会说：‘你看，王兴芝的女儿，多有出息啊！’”

想到这里，大曼深吸一口气，她低下头继续写字。在大曼旁边的妹妹也主动擦干净了本子，重新写汉语拼音了……

两个女孩儿幼小的心灵还没有意识到，母亲今天对她们的教导，会影响她们以后的一生。

她们在田字格本上写下的并不是一个一个简单的汉语拼音，而是在改写着自己的……人生。

第十章

我们不是废人

天怎么还不亮

天黑了，母亲像往常一样抱小曼进被窝躺下睡觉。小曼的心里为自己向哪边翻身而感到好纠结。其实，坐了一天的小曼这时感觉身体非常的累，酸疼酸疼的，她好渴望能仰面躺在床上，伸展四肢，好好放松一下身体里的每一根关节啊！可是，由于肌肉萎缩，她的腿已经无法伸直了，只能双膝并齐，借助膝盖相互支撑着立一小会儿，这样躺不多久，她的脚后跟就会因为支撑不住膝盖而特别的酸疼，必须倒向一侧才能睡着。而她自己翻不动身，又不忍心让刚上床躺下的母亲再下床折腾一次。于是，小曼只好放弃了仰面躺一会儿的想法，虽然她是那么的渴望……

她选择了向右侧翻身，她的身体因为脊柱向左侧弯曲，右侧的腰坐一天弯得好疼！她想伸展腰肢，这样能缓解脊柱的侧弯，也能多睡一会儿，挺的时间长一点，病情也会发展的慢一点吧？

睡到半夜，母亲起床给姐姐翻身时，已经帮小曼翻了两次身了。可是，睡到后半夜，小曼还是被硌醒了。她的左腿

就像一根沉重的大柱子，压得右腿的膝关节和脚腕，又酸又疼，好难受！

她迷迷糊糊地睁开眼睛，屋里很黑，离天亮还早着呢！她不敢惊动好不容易才睡着的母亲，就闭上眼睛想忍耐着睡一会儿。可忍耐了一会儿，实在疼得睡不着了，她只好强打起精神，在黑暗中摸索着用稍微有点力气的右手托住左手腕，把盖在身上的毯子推下去一点，把肩膀露出来，这样，上半身没有毯子压着，她似乎感觉轻松多了，也能使上点劲儿了。

然后，她憋足一口气，把全身的力气都用在两只手腕和十根手指头上，想尽力推动或是抬起压在右腿上的左腿，减轻一点右腿的压力，让疼痛得有些麻木的右腿膝关节和脚关节的血液流动一下，舒服一点。可是，她却没有力气搬动自己沉重的左腿，无论她怎样抠、抓，左腿就是纹丝不动地“躺”在右腿上，连脚踝都没有办法挪动一寸。而且，右侧的胯骨和肩膀因为压得时间太长了，这时也开始变得麻木和胀痛了，那种灼热的疼痛感让她变得烦躁起来。

对面床上的母亲在睡梦中动了一下，小曼试着小声喊了声：“妈妈！”母亲“嗯”了一声又睡着了。小曼知道只要她再大一点声，母亲就能醒了，可是，她没忍心再继续喊。她在犹豫，这一夜母亲已经起来给她翻两次身了，而姐姐翻身的次数比她还要多，母亲几乎睡不到一个小时就要起来一次。她白天已经够累的了，晚上还要这样折腾，经常在睡梦

中发出呻吟声。

不忍心再叫醒母亲了。也怕母亲一旦醒了，给她翻身一折腾就再也睡不着觉了，那样的话母亲的头又会疼的……

小曼在黑暗中把十根手指扣在一起，然后借助床沿托着右手臂，向前伸直双臂，憋足气右手用力一拽左手臂，随之左边的身体也跟着向右侧猛翻一下，但她的手一松，身体又退回到了原来的位置。小曼感觉自己的身体就像一块沉重的大石头，她拼尽全力只能让她移动一点点，可手一松，石头又滑到了原处。小曼累得浑身冒虚汗，心脏也“突突”的跳得好快。不过，随着这样像蚯蚓一样的蠕动，小曼压在下面的半个身子微微动了动，血液也跟着循环了一下，灼热的疼痛感似乎也稍稍减轻了一点点。她颓然地闭上眼睛，贪婪地喘息着，像一名登山运动员攀登上了顶峰，躺在雪峰上享受胜利的喜悦一样，她享受着这来之不易的，不那么疼的半分钟时间，心想：“如果身体硌得不太疼，该是多么幸福的一件事啊！”

半分钟很快就过去了，小曼压在下边的半边身子又疼得严重起来。她再憋足力气，像刚才那样重复做着那个“蚯蚓运动”，半分钟、再半分钟地拖延着时间。她觉得自己这样忍耐着就能争取时间让妈妈多睡一会儿，再多睡一会儿。

她的心情在矛盾中煎熬着，一边盼望着天快点亮，她好能翻一下身！可是，她又有点害怕天亮起来，因为她知道，终日操劳的母亲，她最需要的就是充足的睡眠啊！

多想自己能翻身

小曼实在没劲儿折腾了，胳膊和手腕累得软绵绵地再也拽不动身体“蠕动”了，她只好喘息着，索性闭上眼睛“享受”着疼痛。老实说，这种享受的滋味并不好受，压在下面的半边身子这时已经完全麻木了。不过，这麻木并没有让她的身体完全失去知觉，而是把火辣辣的、酸酸的胀痛感传递给了另半边身体，让她的心情也更加焦躁和痛苦起来。

小曼用手揪住自己的头发，用力往枕头边拽了拽脑袋，想让胀痛的有些麻木的后脑勺好过一点，舒服一点。可是，这似乎并不起什么作用，她感到自己从头发根到脚跟都被那种灼热的胀痛感充斥着、煎熬着，叫人无力挣扎而又渴望挣扎，深感绝望。

她的心脏也因为心情焦灼和烦躁的缘故，跳得好快！手心和额头都潮乎乎的，内衣也被汗水给浸透了。她颤抖的手指在黑暗中一会揪住被角，一会轻轻捶打床板，她，忽然委屈得想哭！

翻身是一个多么简单的动作啊，别人闭着眼睛就能完成的一个动作，可是，对于小曼和姐姐来说怎么就那么难呢！

还记得小时候，小曼的病情还没有发展得这么严重，她是能自己翻动身的。那时他们在东北老家的土炕上，姐姐因为体质差总生病住院，病情恶化的比小曼严重，很小就不能自己翻身了。因而母亲为了夜里能及时给姐姐翻身，就让姐姐睡在她身边，而母亲还要搂着幼小的弟弟睡觉，这样，小曼一个人睡在距离妈妈远一点的炕尾。

小曼虽然很小，但她幼小的心里并没有因为自己不能挨着母亲睡而感到太难过，因为她知道姐姐和弟弟需要母亲的照顾，她的心里甚至为自己能为姐姐和弟弟做出一点“牺牲”，比姐姐能独立一点，而感到骄傲！

小曼是多么怀念小时候自己有力气翻动身的时候啊！那时她好“年轻”啊！

可现在……“我……我是从什么时候起自己翻不动身了呢？”她苦恼地想着，“噢！我想起来了，是从我坐不住时开始的……”

有一天早上，不知道为什么，小曼的后背脊柱旁边突然肿起一个大包，皮肤红红的，一碰好疼啊！而且她浑身的骨头也跟着疼。母亲不敢碰她，每次给她穿衣服或是抱她去厕所时，母亲都紧张得不知道该如何下手……

后来，她疼得实在坐不住了，只好背靠着墙坐着。冰凉的砖墙让她后背火辣辣的疼痛感似乎减轻了一点。可母亲从厨房的小窗子看见小曼倚着砖墙，急忙跑进里屋，把小曼抱到一边，说什么也不让她倚着墙壁坐着。她说："傻姑娘啊，你咋能倚着墙坐着呢！咱东北的墙太凉，你这样容易着凉得风湿病，像妈一样，犯病时比你现在还疼呢！"说着，母亲脱鞋上炕，给小曼拿枕头让她倚着。

小曼倚着柔软的枕头坐着，脊柱上的压力得到了缓解，身上的疼痛感真的慢慢地减轻了，她疼痛的毛病好了。可从那以后，她离开枕头就坐不住了，躺着的时候也自己挪不动胳膊和腿了。

小曼痛苦地想："看来人还得多锻炼身体啊！我能做的事情尽量自己做，不能让现在还能动的其他身体功能也跟着……死去！"

她们不是废人

天，终于亮了。

母亲起床给大曼和小曼穿好衣服，又端来一盆清水，让她们洗漱。像以往一样，母亲习惯性地拧开牙膏盖，帮她们把牙膏挤到牙刷上。小曼急忙喊："妈妈，我自己来！"

"你行吗？"母亲迟疑了一下，把牙膏和牙刷递给她，不放心地站在一边看着。

“您去干活吧，我自己能行的!”

母亲只好转身去给她打洗脸水。

牙膏已经不多了，瘪瘪的，小曼试了几次都挤不动牙膏，每次牙膏刚要从管里冒出个小脑袋，她的手就没劲儿了，一松手，牙膏又像一只小乌龟一样把头缩了回去。小曼长喘了一口气，心想:“我就不信了，我还挤不出来牙膏了呢!”她把牙膏管塞进嘴里，牙膏头向外，用力一咬，姐姐大曼在对面床上喊:“出来啦！出来啦!”

小曼急忙拿下牙膏一看，牙膏像面条一样流出好大一截。“啊！这也太多，太浪费了吧!”她又晃晃悠悠地左右捏牙膏管，试图让牙膏管鼓起来的肚子把牙膏倒吸回去，可一不小心牙膏断掉了，“啪”的一声掉在了面前的桌上，看着桌子上的一摊牙膏泥，小曼不禁联想起老家房檐上的那只燕子窝，每天都有燕子在屋檐下飞来飞去的，偶尔从屋檐下经过时，一不留神就会有鸟粪从天而降……

想起这些，小曼忍不住“咯咯咯”地笑了起来，她发现在自己克服困难的过程中，会有这么多有趣的发现和想象，这给她沉寂的生活增添了好多乐趣和挑战！因为挤不动牙膏而沮丧的心情，也随之烟消云散了，剩下的只有自己能用牙齿挤牙膏的欣喜和掌握挤出来量多少的技巧琢磨了。

在快乐的鸟鸣声中，小曼刷完了牙。她又让妈妈端来一盆清水，要来洗衣粉和抹布，自己擦书本和电话上的灰尘。

平时，这些东西都是母亲帮忙擦干净，摆整齐的，但今天小曼不想等母亲了，母亲实在是太累了，她要尽可能地帮助母亲分担才对，哪怕只是能自理一点点。

昨晚自己不能翻身的痛苦和回忆童年自己能爬动的经历，让她痛定思痛，下定决心自己能做的事，就一定要自己做！不能任凭自己的病情恶化下去，稀里糊涂地丧失掉自己身体的某种功能啊！

床头摆着几本书，还有白色的电话机，上面落了一层薄薄的灰尘，她想把灰尘擦干净。那些书虽然不厚，可对于小曼来说却好沉，好重啊！她的胳膊没有力气抬起来，她只能用左手拽着小桌子的腿儿，向右侧倾斜自己的身体，伸出右手抓住书皮往自己这边拽，拽到自己跟前，再拽到自己的腿上，最后拽到面前的小桌子上……她就这样拽着那些书，像爬楼梯一样把书一点一点拽到了自己的面前，然后用湿抹布一本本地擦干净。再同样侧着上半身，用手指勾住电话线，用力一拽，把电话听筒拽过来，再拽住听筒的电话线，把电话机身也拽到了自己的跟前，擦干净。

等把自己四周收拾整齐和干净了，小曼坐正身子，长喘了一口气，她已经累得只剩下喘气的力气了。她的手腕酸疼酸疼的，双臂像灌了铅一样沉重，感觉身体直往下坠，坠得自己的上半身都感觉要塌下去一样。好在有桌子和枕头支撑着上半身，她还能勉强坐住。

小曼环顾着四周，本能地挺了挺脊背，虽然阳光已经到了屋地中央，已经是中午了，她还没学习和写书稿呢，但是，她觉得自己今天上午过得特别有意义，特别满足！

因为她没有等着让母亲来伺候，她自己挤牙膏，自己擦干净了四周的灰尘，她……不是一个等死的废人哦！

我不想洗了

就在小曼学会尽量自理一点之后，母亲的胃病犯了，很疼！

她一只手捂着胃，一只手扶着墙，鞋跟不离地地拖着地面走，每往前迈一步，脚底下都会发“嚓嚓”的响声，那刺耳的摩擦声就像一把锐利的刀子，刺得小曼和姐姐的心很痛很痛！

“妈！您去医院看看吧！”姐姐说。

母亲默默地摇摇头，走出去了。厨房里传来“哗哗”的打水声和拧开煤气灶烧水的声音。然后，屋子里就是漫长的让人揪心的沉寂……

小曼和姐姐你看看我，我看看你，都担心母亲会因为支撑不住而晕倒，可又不敢喊母亲，她们知道就是她们喊母亲，母亲也没有力气答应她们，她和姐姐只能无奈地侧耳听着厨房里的动静。

时间在一分一秒地过去……

终于，她们又听见母亲缓慢而沉重的脚步声，“嚓”、“嚓嚓”……

母亲端着一脸盆热水艰难地走进来，刚一迈进里屋的门，就虚弱地倚在门框上，借助门框支撑着自己的身体，就近把沉重的脸盆放在了姐姐的床头边上，自己也扶着床沿坐下来虚弱地喘着粗气。

小曼很想说：“妈，我们不洗了！”可是，她却没敢说出口。她可以自己挤牙膏，自己擦书本和电话上的灰尘，可她不能自己洗头、洗澡、穿衣服、去厕所……她还得等母亲来伺候！

一股悲哀的情绪从心底涌起，逐渐蔓延，小曼和姐姐几乎绝望得不能呼吸。

小曼不敢说话了，她怕，怕自己说话反而会惹母亲心急，她知道，因为疼痛和饥饿，母亲的精神和身体要垮掉了，她非常地虚弱，不能紧张一点点——哪怕是着急回答一句话！而且，她也了解母亲心里的想法，母亲是害怕自己万一坚持不住倒下了，她和姐姐这个样子会让人嫌弃，她想尽力把孩子们收拾得干干净净的，然后自己再去医院，那样她在医院看病也好能放心啊！

“你洗吧！”姐姐对小曼说。

“我没事儿，你洗吧!”小曼坚持说。

小曼和姐姐相互推让着，她们怕母亲给一个人洗完头发，就没有力气再给第二个人洗了，所以，她们都想把好不容易洗一次头发的机会留给对方。

母亲看出了姐妹俩的心思，她用虚弱而温柔的声音对小曼说:“妈先给你洗，给你洗完了再给姐姐洗。”

小曼只好听话地任由母亲扶着她趴在床上，她用两个胳膊肘勉强支撑着自己的上半身，可脖子实在没有力气支撑起自己的头，母亲就用一只手托住她的头，另一只手拽过来脸盆，让她借助脸盆沿顶着下巴颏，好能把头伸进脸盆里。然后，母亲侧身坐在床沿边，一下一下地往她的头发上撩着清水……

水很热，但不烫，温热的清水滋润着小曼的头皮热乎乎，麻酥酥的，让她全身的血液都感到舒畅和兴奋，好舒服啊!母亲倒了一些洗发水用双手揉搓开，然后再给她搓进头发里，洗发水接触到她的头皮，凉凉的，散发着一股淡淡的清香。母亲虽然身体虚弱，但她动作熟练而轻柔地给小曼洗着头发，还细心地用长满老茧的粗糙的手指一下一下地帮她挠着发痒的头皮，几乎每一块痒痒的头皮都挠到了，动作好轻，好柔，也好——力不从心!

母亲一会儿用右手给小曼搓洗，一会儿又换左手。以前，小曼从来也没有想过她和姐姐洗头发，也会成为母亲的一个体力活儿，因为母亲一向是那么有力气和能干，好像浑身有使不完的劲儿。而此刻，胃疼三个多星期没怎么吃东西的母亲，明显干活已经体力不支了，她是在用尽全身的力气给自己洗头发啊……

“妈妈，好了，洗干净了。”小曼说，她想让母亲快点洗完，好能躺下歇一会儿。可母亲却不甘心，她也许是担心自己的身体会垮掉，还不知道下一次给女儿们洗头发会在什么时候呢，所以，坚持说：“再洗洗，还没洗干净呢！”

小曼默默地低着头，任由母亲用涂满香皂的手给她搓洗脖子和耳根，然后再用清水一下一下地冲洗干净，拿干毛巾给她擦脖子……

啊！母亲，母亲病了，她需要自己和姐姐照顾才对啊，可她和姐姐却还要母亲来伺候……一种难以用语言来形容的内疚感让小曼的心紧紧地抽搐着，热腾腾的水雾熏得她的脸火辣辣地烫！

她害怕洗发水流进眼睛里，就紧紧地闭着双眼，而眼泪，却还像雨滴一样流进了脸盆里……

陪母亲去医院

洗完头发，母亲并没有去医院，她依然默默地忍受着病痛……直到第二天下午，姐姐急了，劝妈妈说：“妈，你不吃东西哪能行啊，你去医院输液吧！”

“我去？”母亲扶着墙站起身，用迷茫和困顿的眼神看着女儿们说：“输液得有家属陪着，扎上针就没法取化验单了！”

“我陪您去嘛！”小曼说。

“对，让妹妹陪你去嘛。”

母亲迟疑了一下，可能意识到自己不输液坚持不住了，只好点头说：“也行。”

母亲扶着床沿，憋足一股劲儿抱她坐轮椅，因为不吃饭没有力气，母亲抱她比平时更吃力了，中途差点把她掉到地上，母亲慌忙用膝盖托住她的腰，用力向前一挺，勉强把小曼放到了轮椅上。小曼侧着身子没有坐好，可她知道母亲累得不行了，急忙说：“好了好了，妈妈，我坐好了！”。

没有谁会比母亲更了解女儿的身体状况了，母亲还是咬着牙，坚持把她抱好。

“你行吗?”出了门，母亲忽然犹豫着问小曼。

“我行，您去坐公交车吧!”母亲扶着栏杆站着，还是很不放心的样子，她知道她不走母亲是不会走的，于是，她狠下心掉头就走。转过街角，她又不放心地回头找母亲。她远远地看见母亲步履艰难地登上一辆从西向东开的公交车，她这才放心地继续往前走。

小曼一边走，还一边往后面看开过来的公交车，看母亲找到座位了没有?她看见母亲也在向车窗外看，母亲，母亲也不放心她啊!

小曼把电动轮椅调到最快的速度，恨不得一下就到医院，她想快点给母亲扎上针。

以前，母亲陪小曼去医院看病的时候，母亲坐公交车会提前 15 分钟到医院门口，每次母亲都不放心会提前一站下车，然后步行到高架桥底下的大路口等小曼。

可是，今天当小曼走到高架桥下面时，她习惯性地找母亲，却没有看见母亲那熟悉的身影。她感到有点恐慌和失落，略微迟疑了一下，她鼓起勇气，自己穿过车流径直朝医院的方向走去。她想妈妈也许是在石景山医院门口下车了吧?

母亲走不动了，她怎么能指望母亲像以前一样来接她呢?

可是，等她到了医院大门口时，她还是没有看见妈妈的

身影。

小曼有点慌了，母亲，母亲去哪儿了啊！

她焦急地向四处张望，过来两辆公交车，也都没有母亲的身影。她只好失望地返身往回走。下午的太阳晒得人皮肤火辣辣地疼，不知道是因为着急，还是天太热的缘故，小曼满头大汗。

就在小曼不知所措的时候，她一扭头，看见一个瘦弱的、熟悉的身影，正艰难地扶着栏杆从马路牙上站起来——“啊！妈妈！”小曼高兴地叫着。

原来母亲是走不动路了，她下了车就坐在路边等着自己呢！

小曼感到鼻子发酸，却高兴地抿着嘴笑了。

母亲没有笑，母亲看上去非常难受，脸色也更苍白了，走路摇摇晃晃的，小曼甚至担心旁边匆匆赶路的人会把母亲撞倒……于是，她急忙转动轮椅过去保护在母亲身边。

平时，都是母亲催促小曼：“快点走吧，一会大夫下班了。”但是，今天母亲却走得好慢好慢，尽管小曼的轮椅已经调到了最慢的速度，但还是会把母亲落在后面。走一段路，她不得不停下来等母亲。

街上小贩的叫卖声和来来往往的车流声混合在一起，是那么的热闹，那么的繁华，而在烈日炎炎下，她们母女走向医院大门口的身影却是这么的形单影只，这么的孤独无助！

看着母亲捂着胃，一点一点地向前挪动脚步，她的心情异常沉重。她在轮椅上本能地向后挺了挺脊背，告诉自己："这种时候，她就是妈妈精神上的支柱，我不能流露出任何忧伤的神情，那样妈妈会更难受的啊!"

可转过身，小曼的眼泪却在眼圈里直打转……母亲，母亲她真的是老了啊!

把母亲独自留在病房

护士终于给母亲扎上了针，接下来就是抽血化验，根据化验结果再用药。

在护士给母亲抽血的时候，小曼帮不上忙，只能在一边看着，看着母亲伸出没有扎针的那只手，被动地等护士给挽起袖子抽血。小曼看着护士面无表情地举起长长的针头，她吓得把脸扭向了一边……

"护士，我妈妈的化验报告单得多长时间能出来啊?"

"20 分钟吧。"

"去哪儿取化验单呢?"

"三楼，右拐。你行吗?"她看着轮椅上的小曼。

"我行，谢谢!"小曼想直接去取化验报告单，但经过病房的时候，看见病房里挤满了人，那些人挡住了她的视线，她看不见母亲，担心母亲一个人在床上等得时间长了会着急，她只好转动轮椅挤了进去。

“妈妈，我去取化验单了啊！”她跟母亲打招呼说。

母亲瞪大眼睛用空洞的眼神看着轮椅上的女儿，那一刻，小曼忽然觉得躺在病床上的母亲就像一个无助的孩子！

小曼急急地跟着一群医护人员乘电梯来到三楼，然后按照护士告诉她的方向右转，进入一个地面是斜坡形的空旷的大厅。迎面一个身穿病号服的男患者双手向前平伸着，在家属陪伴下正练习走路。男患者看见小曼转着轮椅过来，他的眼神愣愣的有点叫人害怕。不过，陪护在他身边的那个中年妇女眼神很温和，这给了小曼很大的鼓励，她勇敢地经过他们身边，再穿过幽暗的走廊，终于来到了化验室窗口。

小曼仰着脸，向里面张望，发现化验室里面没人，外面的大厅里也没人。偌大的医院里，白天人满为患，到了晚上，竟然变得如此空旷和安静，静得叫人心里发慌。

小曼环顾着四周，希望能有人过来，等了半天，终于看见一个身上穿着皱巴巴的白色大褂的大叔走了过来。他手里提着一个篮子，很随便地把篮子里的几张纸扔进化验窗口台上的小框里。小曼仰着脸问：“叔叔！我想取我妈妈的化验单。”

“叫什么名字？”叔叔很热心地问。“王兴芝！”

他翻了翻篮子里的一叠纸，从里面拿出一张递给小曼说："在这儿呢。"

小曼连声说着谢谢，拿着化验单急忙往回走。

再次经过那个空旷幽深的大厅时，小曼看见那个男患者还在练习走路，搀扶他的那个妇女却不知道去哪儿了。那个男患者一边"咚咚"地往前走着，一边嘴里还发出奇怪的吼声，听起来让人头发根儿直发竖。尤其是他看着小曼的眼神直勾勾的，吓得小曼大气都不敢出，加快轮椅速度，逃也似的离开了大厅。

来到电梯口，小曼长出了一口气。可是，她又为难了！

刚才上楼的时候，刚好有人进电梯，她就跟上来了。现在电梯静静地停在5楼，周围一个人也没有，她自己又够不到那高高的按钮，这可怎么办啊？

她烦躁地在电梯口徘徊着，靠着栏杆往楼下一层张望，楼上楼下都静悄悄的，没人。

小曼耐着继续等待，一分钟、两分钟、三分钟……

终于，电梯的数字灯亮了！5、4、3——"刷"地一下，电梯门开了，一名年轻的女护士从里面走出来。

"哎！你好！你可以帮一下我吗？"小曼在她后面喊。

护士停下脚步，困惑地看着小曼。

"我想下楼，可是我按不动电梯，您可以送我下一层吗？"

"好啊！来吧。"热心的女护士重新走回到电梯里，帮小曼按电梯。

小曼气喘吁吁地把报告单交给医生，又拿了医生开的药单和尿检的单子去交费，再取药和作尿检的纸杯回来，找护士给母亲输液。

母亲这时已经自己从床上挣扎着坐起来了，她正焦急地看着门口，看见小曼回来了，伸出的脖子才缩了回去，也许是输上葡萄糖补充了一点体力，也许是看见女儿回来放心了，母亲的脸上露出了一丝光彩，很温暖！

她们必须长大

"妈怎么样了？"姐姐大曼在电话里问小曼。

"我刚取化验单回来，妈妈已经扎上针了！"

"我让杠杠打了盆水端到床上，我把菠菜洗出来了，等东海下班回来做点面汤给妈送去，他照顾咱妈你就回来吧，要不天太黑了不安全。"

"嗯哪！"小曼答应着挂断了姐姐的电话。心想：也许今晚妈妈能喝半碗面汤吧？但她不知道那半碗面汤能不能补充回来母亲刚刚被抽走的一针管血的营养？看着面色苍白蜷缩在病床上的母亲，她忧心忡忡却强作欢颜。

对面床上躺着一位年纪跟母亲差不多大的阿姨，无论是从面色，还是从穿戴上看，她都比母亲年轻好几倍。但是，那位阿姨躺在病床上，一会儿说冷要盖被子，一会儿又说胸闷，恶心想吐。陪护她的亲属紧张地围着她团团转，医生和护士也表情严肃地忙里忙外，而她娇滴滴地躺在病床上，理所当然地享受着这一切。

小曼不由得羡慕阿姨的命真好！她想那位阿姨在家里也一定很会照顾自己吧？不会像自己母亲那样操那么多的心，受那么多的累！

小曼回头看了一眼病床上的母亲，她面色苍白地蜷缩在床角，孤零零的，那么地无助。

小曼忽然悲哀地觉得生活好不公平！母亲操劳了一辈子，付出那么多，在她年老病重，需要关怀和照顾的时候，却是自己重残的女儿坐着轮椅陪她到医院。母亲，母亲她心里也一定不好过，一定好心酸吧！

可紧接着又想：不！母亲或许应该感到高兴和欣慰才对。虽然自己的两个女儿不能动，但是，一个女儿能陪护在母亲身边照顾她看病，另一个女儿还能在家给母亲洗菠菜，小孙子也能给奶奶准备在医院吃的和用的东西，他们靠着自己内心强大的爱相互支撑着这个家！

一会儿，手机又响了，姐姐在电话里嘱咐小曼：“你让妈饭前把药吃上吧，东海下班了，我让他给妈做面汤呢，一会儿就给送去。”

“嗯哪！我给妈妈拿药哦。”

“哎！”姐姐在那边喊，生怕她会挂断电话，“你回来的时候小心点车，天黑了，注意安全啊！”

“嗯哪！我知道了！”小曼喊母亲吃药，可是她的手拧不动水杯的盖子。母亲只好用双膝夹着保温杯，用另一只没有扎针的手拧开杯盖，再把杯盖放在床上，往盖里面倒了一点开水，用嘴唇试了试温度，然后放下杯盖，再用同样的方式拧开药瓶……小曼能做的只有留心点母亲别吃错了药，再就是帮母亲把杯盖里喝剩下的水倒进垃圾桶里。

弟弟终于来了，手里提着保温杯，满头大汗。进了病房就催促小曼快回家。

母亲也不放心，催促小曼说：“你快回去吧，妈一会输完液就回去了啊！”

小曼只好叮嘱母亲喝完汤别忘记饭后吃药，然后走出了病房。一回头，咦！弟弟也跟着出来啦！

“你回去照顾妈妈吃饭吧，我自己能走！”

“我送你到医院门口。”

“不用，我自己走就行，你回去伺候妈妈吧！”

“你就走吧！”弟弟坚持说，并且他走在了小曼的前面。

小曼只好跟着他走出医院的大门——却被眼前的情景吓了一大跳！

天，已经黑了。到处是黑洞洞的一片，虽然马路上灯火辉煌，但树荫下的角落里黑漆漆的，让人看着心里发慌。

小曼壮大胆子对弟弟说："好了，我自己能走了，你回去吧！"

"我知道，你走吧！我看你过马路。"

"不用你看着我，你快回去吧！"

"哎呀！你就快走吧！"

"妈妈一只手拧不开保温杯，你快回去吧！"

听了小曼的话，弟弟迟疑了一下，但还是眉头拧成一个大疙瘩，站着不肯回去。

小曼生气了，瞪了弟弟一眼，只好继续往前走。她知道自己不走，弟弟是不会回去的，他跟妈妈一样不放心自己。但她并不领情，她并没有过马路，而是顺着大马路径直往前走，她知道只有自己走远了，弟弟看不见了，他才能回去照顾妈妈，所以她要快点"消失"。

虽然天已经很黑很黑了，身边擦肩而过的行人都步履匆匆，但小曼一点也不害怕。她知道母亲病了，小曼和姐姐只能靠自己，她们必须长大啊！

小曼紧张地攥着手机，时刻警惕着四周的阴影处会不会冲出坏人？她要学会照顾自己，保护自己，她也要学会照顾妈妈，保护妈妈啊！

母亲生病之后

夜，深了。

凌晨三点多，弟弟才扶着母亲从医院里回来。公交车已经没有了，母亲舍不得钱打出租，步行四站地走着回家。

当她进了屋，看见小曼还坐在轮椅上，正跟姐姐安静地等她回来时，母亲又内疚又心疼，她急忙支撑着自己抱小曼上床，伺候她和姐姐洗漱睡觉。

“妈！天要亮了，你也躺下睡会儿吧?”姐姐劝母亲说。

“嗯！睡，妈这就睡啊!”

母亲关掉灯，屋子里一片黑暗。

小曼听着母亲爬上木板床发出的“吱呀”“吱呀”的响声，感受着黑夜的压抑与沉寂，心里因为担心母亲的病情，而忍不住开始胡思乱想起来，竟然怎么也无法入睡了。

母亲突然生病，确实把小曼和姐姐给吓坏了。

她们原有的简单而平静的日子被打乱了。她突然发现，原来以前她们一直是被母亲保护着的。每天有母亲照料她们的饮食起居，她和姐姐只管写好书，做好心灵关怀，努力追求并实现自己的一个又一个梦想就可以了。虽然处境艰难一些，物质生活也很匮乏，但是，有母亲的爱保护她们，无论发生什么事情，都有母亲撑着呢。她们平时表现出来的“成熟”和“能干”，都只不过是孩子气的。因为日子再难熬，她们都是安全的，有依靠的，有保障的，可以生存下去的！

——因为有母亲！

小曼和姐姐曾天真地以为，只要自己多写几本书，做好心灵关怀，成为一个对社会有用的人，就是对母爱最好的回报！对社会最大的贡献——她们就是有用的人。

比如，床头放着的已经出版的三本书，桌子上那部已经开通 13 年关怀了几万人的“曼曼心灵热线”，还有电视旁边放着的那个“第十四届全球热爱生命奖章”的奖杯，在这些傲人的成绩背后，她们却唯独忽略了母爱的付出和母亲身体所承受的极限……忽略了自己对母亲的照顾，对家庭的责任啊！

一个人，无论他的社会价值多么高尚，社会公益做得多么好，帮助了多少人，如果他没有照顾好自己的家庭，从某种意义上说，他都是一个失败的可怜人！

而她和姐姐，正是这样的人。

想到这里，小曼痛苦地闭上眼睛，嘴唇和心脏都在黑夜里颤抖……平生第一次，她对母亲产生了深深的自责和内疚。

母亲病了，母亲该怎么办？她们姐妹该怎么办？她们母

女三人该怎样活下去呢?

她深吸一口气，命令自己冷静下来，冷静下来，想想接下来该怎么办?

首先，母亲必须去医院做检查，只有检查出了得的是什么病，才能对症下药，得到有效的治疗。

哪怕是最坏的结果，最糟糕的事情发生，她们也得面对，因为逃避不是办法，她们也真的是——无处可逃啊!

但是，小曼和姐姐坚信，母亲的病不会太严重的。

上天既然通过这样的方式提醒她们要照顾母亲，就不会那么残忍地让她们失去母亲，失去这个家的，是吗？。

想到这里，小曼痛苦的心情似乎平静了许多，她含着泪水闭上眼睛，终于疲惫地睡着了……

第二天，母亲去医院做了胃镜检查和食道活体切片检查，医学报告单很快就出来了，母亲被确诊为患的是“反流性食道炎”和“非萎缩性胃炎”、肾囊肿，胆囊炎、心脏病等多种疾病。尤其是“反流性食道炎”和胃病非常严重……

小曼和姐姐上网查阅了大量的医学资料，也咨询过母亲的主治医生，得到的答复是:“这种病目前在国内外都不能治愈，患者需要长期依靠药物维持。也就是说，能不发展其实就是好事!”

是的，不发展，就是好事!

这个“好消息”让小曼和姐姐心里既痛苦又满怀感恩。痛苦的是母亲的晚年要一直被病痛折磨下去，时刻被死亡威胁……而感激的是上天垂听了她们的祈祷，肯给她们机会孝敬母亲，为母亲做一点事。

大曼和小曼心里有了深刻的警醒和意识：

母亲，从此就是一个病人了。她必须时刻得到家人细心体贴的关心和照顾，只有这样才能有希望活下去。而曼曼们也必须学会尽量自己照顾自己，减轻母亲的心理和体力负担，同时还要尽可能地照顾好母亲，看着母亲吃好，睡好，心情也好，尽量少为生活操心。

是的，虽然这对于曼曼姐妹来说是很艰难的一项任务，但，她们必须做到！

第一次和面

初冬的早晨，阳光通过敞开的窗子照进屋里，显得格外明亮和温暖。母亲提着装满各种检查报告单和病历本、X 光片的布兜，站在屋地中央，环视着自己收拾整洁的屋子和坐在病床上的两个女儿，由衷地说："如果你们一直这样干干净净的，不去厕所，也饿不着渴不着的，我在医院里也放心啊！"

“妈！您去医院吧，我们没事儿的，还有小杠杠呢！”大曼劝母亲说。

“奶奶！你快去看病吧，一会儿大夫该下班啦！”小杠杠跳下床，趿拉着一双大拖鞋，懂事地送奶奶出门。

母亲这才一百个不放心地走出了家门。

随着“咣当”一声门响，大曼和小曼的心里也随之被掏空了，仿佛什么东西被抽走了，一下没有了支柱和依靠。她们担心母亲的身体，可又不能陪母亲去医院，只能眼巴巴地坐在床上等着！

经过这段时间的药物治疗，母亲的病情本来已经稳定了，可是，最近不知怎么的，母亲的胃和肚子突然疼得厉害，就像要把肚里的肠子拽出来一样，疼得时候满头大汗，说不出话来。不知道是胃和食道炎引起的，还是肠痉挛引起的，或者两种原因都有可能吧？

大曼在心底叹息，母亲她太不知道照顾自己的身体了啊！她好一点了，就支撑着自己给孩子们做饭，做好孩子吃的饭菜，轮到自己该吃饭的时候，母亲已经没有力气了，她总是用开水泡发面馒头将就一下，有时没有馒头了，母亲就喝一碗女儿给她买的豆粉对付一顿，这样将就哪儿能有营养呢？

反流性食道炎和胃病，最忌讳挨饿了，医生一再强调患者要少食多餐，吃柔软、发酵的食物。

可母亲的眼睛里只有孩子们……

女儿们只能眼睁睁地看着，在心里干着急，却什么也做不了。

真的什么也做不了吗?

突然，大曼眼睛一亮，她看了一眼墙上的钟表，对妹妹说：“我们和发面吧？和块发面放在冰箱里，这样妈做饭的时候，可以揪一小块发面，给她自己擀面条或是蒸一个小馒头吃，而且每顿饭都能吃新的，食道炎和胃病不能总吃剩饭啊!”

“可是我不会和面呀?”小曼为难地皱紧了眉头。

“我会，我告诉你!”小曼听了姐姐的话很高兴，她们心里都为能给母亲做点事而有点兴奋和激动。

大曼先让小侄子去厨房端来一盆清水，然后再拿来一只空盆和花瓷碗，还有酵母粉，又让孩子去阳台往小盆里倒一点白面，拿来一次性的卫生手套。

一切准备就绪，大曼坐在这边床上，伸长脖子看那边床上的妹妹和小侄子忙碌，一边看还一边指挥着。她记得母亲和面的时候是先放发酵粉，用一点水溶解了，再倒进干面盆里，不断地往里加水和面。可是，放多少发酵粉呢？她和妹妹都犹豫了，研究了半天也没研究明白。最后，大曼只好让妹妹给四姨打电话问问。四姨在电话里告诉她们：“发酵粉越多，面发的速度就越快。”

大曼索性让小曼妹妹倒了一整袋的酵母粉。

这是小曼有生以来第一次和面，她心里很紧张和兴奋，一点底儿也没有，根本没有把握会和好面，只是壮着胆子把戴着一次性卫生手套的手插进面盆里，模仿母亲的动作搅拌和揉搓。可是，不知道是因为自己的手太小了，还是一次性手套太大了，当小曼把手插进满是面粉和水的盆里时，五个手指立即被粘住了，黏糊糊的怎么也拔不出来了。

“你用力拔呀！”大曼鼓励妹妹说。

“1——2——3！”小曼使出了吃奶的劲儿，用力向上一拽——手，出来了，手套却粘在了面里面！

大曼和小曼、小杠杠都被眼前这个突然出现的滑稽状况给逗笑了，他们一边笑还一边紧张地盯着墙上的表看，生怕母亲会提前回来，如果母亲看到眼前的狼狈情景，一定会着急上火的啊！

“别笑了别笑了，我们快点和面吧！”大曼忍住笑，催促小曼和小杠杠说。

“我有办法啦！”小杠杠灵机一动，他跳下床拉开抽屉，从里面拿出胶布和剪刀，帮姑姑把手套口粘到手腕上，这样手套就掉不下来了。

手套是戴住了，可是，小曼真的和不动那些沉重的面了，她的手看起来比那团面泥还要柔软，只能轻轻地“抚摸”他们。

“哎呀！小姑姑，还是我来吧！”

小杠杠看小姑姑和面太艰难了，他很男子汉地拿过小姑姑面前的面盆，戴上一次性手套，用胶布缠了缠手腕，然后用力攥紧小拳头去“砸”那些黏糊糊的“面泥”。因为不会使那股劲儿，小家伙一会儿站着，一会侧身坐在床沿边，一会儿又把面盆抱到大腿上……他弄得身上和脸上都是面粉，小脸也涨得通红，小鼻尖上冒出了细密的汗珠。

大曼和小曼看到孩子这么努力地帮自己干活，这么孝敬奶奶，心里热乎乎的，眼睛也热辣辣的，母亲真的没有白疼自己的大孙子啊！

还记得杠杠小的时候，母亲给她换尿布，泡饼干喂给他吃；他生病不舒服整夜哭闹，母亲就整夜抱着他不睡觉……现在孩子大一点了，懂事了，能学着给奶奶和面了（有时候还帮奶奶洗衣服、收拾屋子、煮粥），他做的又何尝不是女儿们该尽的孝心呢！

想到这些，曼曼们艰难地咽了一口唾沫，强忍住眼眶里热辣辣的泪水，对孩子笑了笑。她们发自内心地感谢孩子帮助自己向母亲尽一份孝心，感谢上天恩赐给我们这么好的一个宝贝！

“白骨精”馒头

终于把面和好了，这时母亲也从医院看完病回来了。收拾干净整洁的床铺没有让母亲看出破绽，母亲进了家就去厨房忙活着做午饭。

大夫检查的结果是反流性食道炎又加重了，给开了一大堆的口服药，让继续按照疗程治疗。大曼看着堆在电视旁边的那一堆药，心里掠过一丝忧郁。也许母亲的晚年生活要靠药物维持了，可人不能光吃药不吃饭啊！

她和妹妹商量，等母亲中午睡觉的时候，她们用电饭锅给母亲蒸馒头吃。

可吃过午饭，母亲还是满地转悠着干活，洗碗、扫地，做永远也做不完的家务。大曼和小曼心里非常着急，大曼劝母亲说：“妈！行了，你躺下睡会儿吧！”

母亲犹豫了一下，估计是累得实在挺不住了，她坐在了床上。可刚吃完药身体不能平躺，一旦平躺就会打嗝，把胃里的药反流出来的，她只好靠墙坐在床上闭着眼睛养神，这样睡觉根本睡不踏实，孩子们也不敢轻举妄动，只好耐着性子等着。

时间一分一秒地过去了，大曼和小曼焦急地看看墙上的钟表，又看看靠墙坐着的母亲。再过一会儿母亲就该吃东西了，拿什么东西给母亲吃呢？

5分钟，10分钟，20分钟过去了……终于，母亲吃完药过去半个小时了，可以平躺着了，大曼试探地劝母亲说：

“妈！你吃药半个小时了，你躺下吧？”

“嗯！”母亲有气无力地答应着，让小杠杠给她拽了一床棉被，她裹着大棉被躺在了小曼身后。看着裹着棉被，面容憔悴的母亲，大曼的心里忍不住一阵抽搐，她知道母亲如果不是病得非常严重，非常难受的话，她是不会轻易盖被子睡觉的。任何时候，母亲都希望家里是干净的，整齐的，她尤其不允许任何人碰她叠得整齐的被褥。可是今天……

等母亲睡着之后，大曼让小杠杠轻手轻脚地去厨房抱来电饭锅，然后往锅里打一点水。小曼小声地问大曼：“姐姐，放多少水呀？”

大曼躺在床上看不到锅里的情况，就用手比划着：“大概有这么多就行。”

“有锅深的三分之一，行吗？”

“行！必须等水烧开了才能放馒头。”

水烧开了，小曼和小杠杠重新戴上一次性手套学着母亲的样子揉馒头。

大曼怕吵醒母亲，小声地说嘱咐妹妹和小侄子：“轻轻地揉!”

躺在小曼身后的母亲动了一下，吓得三个人都缩了一下脖子。等了一会儿，小曼伸长脖子小小声地问姐姐:“你说什么?”

“轻——轻——地——揉!”大曼张大嘴，努力让妹妹看自己的口型。“力气大了，会把发面揉死的。”

小曼点点头，指挥小杠杠轻点用力。小杠杠先揪下一块面，递给小曼，小曼象征性地揉了揉，用手心托给大曼看，大曼看见小曼掌心托着鸡蛋那么大的一块面，皱巴巴的都是褶儿，她哭笑不得，勉强点点头，心想:“行吧，只要能熟了就行啊!”

锅里的水“咕嘟”“咕嘟”地都顶锅盖了，小曼和小杠杠加快速度揉了 7 个小“面团”放进锅里，然后盖上锅盖等馒头熟。

半个小时以后，馒头终于蒸熟了!

掀开锅盖，只见热气腾腾的电饭锅里，白花花的馒头有的像鸡蛋那么大，有的却只有鸡蛋黄那么大，大小不一，参差不齐，浑身褶皱，稀奇古怪的。小曼忍不住用手捂住嘴吃吃地笑起来，她边笑边告诉对面床上的姐姐说:“大姐!这简直就是《西游记》里白骨精用石头变的馒头哦!”

“哈哈!‘白骨精’馒头!”小杠杠“嘎嘎嘎”地笑起来，他伸出小手去戳馒头，看硬不硬，馒头被戳碰了一个小坑，随即又鼓起来回复了原样，面发好了，好鲜嫩啊!满屋子都是馒头的香味。

这时，睡梦中的母亲发出微弱的呻吟声，大曼知道母亲一定是饿了，她急忙喊母亲：“妈！你起来吃馒头吧！”

母亲迷迷糊糊地睁开眼睛，当她看见电饭锅和锅盖上的馒头时，似乎明白了什么，混沌的眼神里有了一丝光彩。小杠杠急忙递给奶奶一个小馒头，又跑到厨房用小碗倒了一点香油，放了一点盐端给奶奶。

母亲接过馒头和小碗，来不及蘸香油，就贪婪地先咬了一口，然后嘴里含着馒头慢慢地坐起来，就那样裹着棉被坐在床上，一小口一小口地吃着看起来硬梆梆的“白骨精”馒头。她已经饿得没有力气和心思说话了，但又不能大口吃，只能一点一点地啃着，咀嚼着，吞咽着，等食物咽下去，顺利地通过食道进入胃里，再咬第二口……随着小半个馒头吃进肚子里，她耷拉着的脑袋也逐渐有力气抬起来了，眼睛里也有了生气和光彩。她有气无力地问孩子们：“你们咋蒸的呀？”

当听说了两个女儿和小孙子和面和蒸馒头的经过后，母亲的脸上浮现出惊讶和欣慰的笑容，很满足，也很不忍心！

给母亲剪发

吃饱饭的母亲，下地开始刷锅，她一步一挪地扶着走路，疲惫的身影和花白而凌乱的头发，再加上长年累月休息不好，目光呆滞的眼神，让母亲看起来更病恹恹的一点精神也没有，就像一张褪色了的老照片……

大曼对母亲说：“妈！让妹妹给您剪剪头发吧！您头发太长了哦！”

母亲用手摩挲了一下自己鬓角垂下来的一缕头发，大概也觉得头发总垂下来挡眼睛，太烦人了，就转悠着找来剪刀，又披上一件旧衣服，让小曼给她剪头发。

这些年，母亲的头发一直都是小曼剪的，母亲嫌去理发店剪头发太贵，来北京后就更舍不得花那冤枉钱了，大曼和小曼也从不鼓励母亲去理发店剪头发，因为理发店的人看见上年岁的老人去剪发，就认为人老了头发不重要了，胡乱剪短就行，根本不管好不好看。曾经在老家过年时，母亲去理发店剪过一次头发，回来一看真的好土，好难看。从那以后，大曼和小曼就学着给母亲剪发和染发。大曼的手没力气，举不动剪刀，她就让妹妹给母亲剪发，她负责在旁边看着指挥。

像往常一样，母亲搬了一张小板凳坐在小曼的床边，小曼用小桌子托着自己的手臂，开始给母亲剪发。

“鬓角少剪一点，太短了不好看啊!”大曼提醒妹妹。

“我不是剪短，我是在打薄哦!”小曼对姐姐说。

“耳根后有点长，你再剪一下吧，哎……对……再剪一下……”大曼眼睛一眨不眨地盯着对面床上妹妹手里的剪刀，仿佛不是妹妹在给母亲剪头发，而是她自己在剪。

“妈妈！你站起来给我们看看喔!”

终于，头发剪得差不多了。小曼让母亲站起来给自己看看。母亲听话地扶着床沿站起身，站在屋地中央照照镜子，又慢慢转了一个圈，给女儿们看效果。

小曼问姐姐：“这次剪的漂亮吧?”

大曼满意地点头：“这次剪得是好看，刘海儿也长了，再剪剪刘海儿吧?”

小曼举着剪刀在母亲刘海儿前比划着，半天下不去剪刀，不知道怎么剪能好看。小曼给母亲剪的发型非常时尚，漂亮，但就是不会剪刘海儿。大曼说：“妈！你过来吧，我给你剪!”

于是，母亲在大曼的腿前面放了一张大报纸，趴在床沿边，伸着头，让大曼给她剪刘海儿。大曼握着剪刀，用左手托着右手，可还是感觉剪刀好沉啊，她颤巍巍地举起剪刀对着母亲说："您过来一点啊！"

母亲低着头，眼皮向上挑着，瞪大了眼睛盯着晃悠悠靠近自己的剪刀，忽然母亲向后一闪身，"噗嗤"一声乐了，说："哎呀！就我大姑娘这架势，我真担心她戳到我的脸啊！"

大曼听了母亲的话，也忍不住"咯咯咯"笑起来。她放下手里的剪刀歇了一会儿，然后攒足力气再次举起剪刀，用尽全身力气"咔嚓"一下剪短了那缕头发，手再没力气握住剪刀了，"咣当"一声，剪刀摔在了床上。

"还是我给妈妈剪吧，你这样得磨蹭到什么时候能剪完啊？"小曼在对面的床上既好笑又着急地说。

"没事儿，让你大姐给妈剪吧，啥时候剪完啥时候算，不着急！"说着，母亲帮大曼捡起了剪刀。

母亲的信任给了大曼信心和鼓励，她咬着牙举起剪刀继续给母亲剪刘海儿。剪一下，歇一会儿，歇一会儿，再剪一下，大概用了半个小时的时间，她终于给妈妈剪好刘海儿了。她满意地对母亲说："好啦，妈你站起来照照镜子吧，很漂亮啊！"

母亲站起身照了照镜子，也很满意。

剪完了，又给母亲把头发也染黑了。小曼用吹风机给母亲吹出了好看的发型，头顶蓬松起来之后，再把鬓角的头发夹在耳后，妈妈立即变得年轻和漂亮了好多，人也精神了好多。她看东西时的眼睛不自觉地睁大了，仿佛、仿佛那张褪色的老照片一下变成彩色的了！

大曼和小曼，还有母亲，就像遇到了大喜事一样，都忍不住笑盈盈的……

看着弄完头发的母亲，走路时不自觉地挺直了脊背，曼曼的心里别提有多轻松了，她们心里有一个共同的想法，那就是——让妈妈打扮得精神点。

如果人生病的时候能打起精神来，心里一敞亮，肉体就会刚强起来，这样就不会被疾病打垮，就会好得快一点！

尾 声

天，渐渐黑了，屋子里的光线暗淡下来，昏暗中，恍惚能看见墙上的钟表，时针已经指向 5 点了。孩子还没有放学呢，母亲去学校接孩子了，家里只有大曼和小曼两个人。她们面对着电脑坐着，谁都不想说话，寂静的屋子里只有表针“滴答”“滴答”的走动声。

经过两年多漫长的治疗，母亲已经能吃一点东西了，只是饮食要格外小心，少食多餐，而且还不能劳累过度，一定要注意休息。看着母亲苍白的面上又有了一点血色，大曼和小曼的心里也多少有了一点安慰。

每天晚上，母亲抱曼曼姐妹躺进被窝的时候，她们都让母亲把手机放在自己的枕边，她们害怕身体极度虚弱的母亲万一晕倒的话，自己不能下床救母亲，好能打电话向人求助；而早晨母亲一起床，大曼和小曼也就不敢再睡了，她们强打起精神提醒母亲吃饭前的药，然后谎称自己想喝米粥了，让母亲早饭煮米粥喝，因为米粥对母亲的病好，而母亲总害怕孩子们吃不饱，习惯给孩子们蒸米饭，只有在女儿们提出要求的时候，她才会为了女儿而煮粥喝。

等母亲淘米煮粥之后，大曼和小曼就争取机会起床，没有任何一种时候像现在这样，她们会如此恐惧躺着，尽管躺着的姿势会让身体很舒服，但也更会让她们的心里感到焦急和不安，她们不知道万一有点什么状况发生，她们躺在被窝里该怎么应对？而只有坐起来了，她们才能尽可能地照料自己，看顾母亲啊！

坐着，对健全人来说，再习惯不过的姿势，而对于曼曼姐妹来说，却是无比珍贵的，就像一个人站着能顶天立地一样，她们坐着，就是给自己和母亲上了安全保险。

坐着，看护母亲，写书，接听热线，她们的生活因为母亲病情稳定下来，而回归到了正常的轨迹上。

回忆过去三十多年的生活，曼曼们深深地感激自己的母亲，因为她们知道，如果不是母亲，深夜推着手推车，送病危的大曼去医院抢救，大曼活不到今天，九死一生；如果不是母亲踏着厚厚的积雪，光着手没有戴手套，在零下30多度的气温里，紧紧地攥着那几只要冻裂的药瓶，小曼不会在昏迷中苏醒：如果不是母亲省吃俭用，买来笔和本，教她们学习汉语拼音，她们不会走上自学和写作的道路，出版三本书；如果不是母亲拿出全部积蓄，给家里安装电话，帮助她们举着电话听筒，她们不会开办“曼曼心灵热线”，十四年关怀6万颗心灵的公益道路；如果不是母亲毅然决然地卖掉老家的房子，带着她们来到气候相对温暖的首都北京生活，她们身上的冻疮不会消失，她们的生命不能继续，她们也不可能走出小屋，走向社会，乃至世界——获得全球热爱生命奖章！

闭上眼睛，她们的眼前会出现这样一个场景：

她们的手，无力地垂在轮椅扶手上，已经打不动字了，但是，她们还能微笑，还能用声音和别人交谈。她们身穿干净而体面的连衣裙，坐在电台的直播间里，通过电波这个更广阔的平台，让“曼曼心灵热线”走进全中国的千家万户，帮助更多人关爱生命，关注心理健康。

她们通过自己的努力，力所能及地做着自己喜欢的事业，也有了一份稳定的收入。

她们给母亲交治疗费。

她们带母亲出去旅游。

她们与母亲一起参加社会公益活动。

她们把自己的故事与更多的人分享——告诉人们，活着，真好！

虽然北漂的日子，居无定所，但是只要有母亲在，她们就有家啊！而对于母亲来说，只要有女儿在，生命就有希望！

因此，她们有信心为自己的人生奋斗，一直向上，永不放弃！

天，完全黑下来了，远处的楼房早已亮起了灯光，她们的屋子虽然还没开灯，但却格外温暖，因为传来了钥匙开门锁的声音——母亲接小侄子回来啦！

编后记

我相信折翼的天使也能飞翔

我感叹
有这样一对姐妹
身患重症、肌肉无力却坚强幸福
原来她们有一位可敬的妈妈

28 岁丧夫的妈妈
没有放弃过姐妹俩
为了孩子
她不愿再成家

再苦再难的母亲
也不愿丧失自尊
她教会孩子们懂得爱

懂得奋斗和感恩

举家迁徙到北京
举目无亲步履艰难
可他们挺起勇气
笑对苦难

对于生活
她们精致的妆容笑靥如花
对于人生
她们心灵救赎为爱布道

我感叹
三个女人能创造传奇
我看见
她们心灵之门上阳光满溢
我相信
折翼的天使也能飞翔

本书编辑写于2014年9月

责任编辑：宰艳红

图书在版编目（CIP）数据

永不放弃：春 曼 心曼 著. —北京：人民出版社，2014.9
（2018.4 重印）

ISBN 978-7-01-013938-8

I. ①永… II. ①春…②心… III. ①长篇小说－中国－当代
IV. ① I247.5

中国版本图书馆 CIP 数据核字（2014）第 215530 号

永不放弃
YONG BU FANGQI

春 曼 心 曼 著

人民出版社 出版发行
（100706 北京市东城区隆福寺街 99 号）

北京中科印刷有限公司印刷 新华书店经销

2014 年 9 月第 1 版 2018 年 4 月北京第 2 次印刷
开本：880 毫米 ×1230 毫米 1/32 印张：8.375
插页：2 字数：155 千字

ISBN 978-7-01-013938-8 定价：30.00 元

邮购地址 100706 北京市东城区隆福寺街 99 号
人民东方图书销售中心 电话（010）65250042 65289539